KB066285

나를 지키는 글쓰기 수업

마음 쓰는 밤

마음 쓰는 밤

고수리 지음

나를 지키는
글쓰기 수업

ᄊ창비
Media Changbi

나의 자리로 돌아가는 일

글쓰기는 나의 자리로 돌아가는 일이다.

나는 애쓰며 천장에 야광별을 붙여보던 사람이었다. 불을 끄고 누우면 빛을 모은 야광별이 서서히 빛났다. 사는 일이 캄캄할 때면 내가 살았던 자리들을 떠올렸다. 서른일곱까지 열 개의 도시, 스무 개의 자리를 옮기며 살았다. '마음 둘 곳'이 자리라면, 그보다 많은 자리를 전전해왔을 것이다. 나의 자리들은 대부분 작고 외딴 방의 형태였으나, 문을 열고 돌아올 때는 웃기에도 울기에도 더없이 좋은 나만의 방공호가 되었다.

우리는 지나간 시절을 추억할 때 '그때 그 시간'이라고 말하지 않고, '그때 그곳에 살았을 때'라고 한다. 그때 그곳에 살았을 때 나는 어떤 사람이었더라. 떠올리다 보면 나의 자리들은 어쩐지 동그랗고 조그맣게 반짝이는 별처럼 느껴진다. 그 별들을 하나씩 이으면 별자리 같아서, 나는 가만히 볼수록 선명하게 빛나는 사람이 된다. 떠나며 사라졌다 생각했지만 나는 머물며 살아졌던 사람. 머물렀던 자리에는 기억이 스며들어 반짝임을 남겼다.

내 이름을 그리기 시작한 후로 나는 한결같이 쓰는 사람으로 살아왔다.

일곱 살의 나, 글쓰기를 발견했다.

궁금했다. 재밌었다. 좋아했다. 답답했다. 싫어졌다. 미워했다. 비밀스러웠다. 가까웠다. 시작했다. 간절했다. 아팠다. 조용했다. 슬펐다. 이상했다. 지겨웠다. 맴돌았다. 쓸쓸했다. 달라졌다. 시도했다. 다가왔다. 새로웠다. 뜨거웠다. 절실했다. 무거웠다. 두려웠다. 마주했다. 선명했다. 깨끗했다. 고마웠다.

서른일곱 살의 나, 글쓰기가 기쁘다.

여러 짙은 마음들을 고스란히 느껴보았다. 글쓰기는 사랑해보는 일이었다. 나를 돌보고 삶을 사랑하는 법을 알려주었다.

종이와 연필만 있다면 시작할 수 있었다. 나의 자리마다 남아 있는 기억과 대화와 감정과 마음과 생각과 이야기들을 쓰면서 나는 언제고 나를 만났다. 때론 쓰는 일이 싫고

밉고 아프고 지겹고 무겁고 두렵기도 했지만, 그래도 글쓰기를 그만두지 않았다. 반드시 해야 할 일은 아니지만, 귀여운 야광별을 구해와 애쓰며 붙여두고 가만히 올려다보는 일처럼 글쓰기도 그랬다. 반드시 해야 할 일은 아니었지만, 종이와 연필만 있으면 몇 번이고 나에게서 떠났다가 나에게로 돌아왔다. 나는 쓸수록 내가 되었다. 내가 선명해지자 사는 일이 캄캄해도 무섭지 않았다. 괜찮다고. 괜찮을 거라고. 곁을 돌아보고 돌볼 수 있었다.

홀로 흔들리며 방황했다고 생각했지만, 살았던 자리마다 꼭 필요한 사람들을 만났다. 꼭 배워야 할 마음들을 느꼈다. 걸어야 할 길을 걸었고, 떠나야 할 자리로 떠났다. 그렇게 새긴 내 삶의 자리들. 만져본 적 없지만 분명 따스할 것이다. 사람이 머문 자리에는 온기가 남는 법이니까. 그 온기야말로 사랑이라고 굳게 믿는다.

책을 쓰는 동안 나의 자리는 망원동에 있었다. 혼자가 될 때마다 커다란 가방을 메고 골목을 걸어서 나무로 만든 책상을 찾았다. 거기서 쓰는 마음과 쓰는 사람들의 이야기를 썼다. '우리네 삶 속으로 스며드는 생의 수는 헤아릴 수 없다'던 존 버거의 말처럼, 그간 내 삶으로 스며든 생의 수가 너무 많아서 쓰기 어려웠다. 홀가분하게 써보고 싶었지만 쓰면 쓸수록 뭉게뭉게 커지는 마음 때문에 곤란했다. 때로는 뜨겁게 때로는 더디게, 모쪼록 애쓰면서 글을 썼다.

글 쓰고 돌아가는 저녁이 좋았다. 걸어왔던 길을 되걸으며 잔나비의 「나의 기쁨 나의 노래」를 반복해서 들었다. 나의 기쁨이 나의 노래가 되어 날아간다는 몇 줄의 노랫말이 전부였지만 그저 내 마음 같았다. 좋은 글에 마침표를 찍은 날에는 울 것 같은 마음을 끌어안고 뭉클하게 걸었다. 노래를 배경 삼아 오래된 담벼락과 작은 가게들, 시드렁거드렁 자라는 꽃들, 저무는 하늘, 바람에 흔들리는 나무, 일렁이는 볕뉘들, 나뒹구는 나뭇잎들, 떨어뜨린 것들, 잃어버린 것들, 지나가는 것들, 끝나고 시작되는 계절들을 보았다. 자기 자리로 돌아가는 사람들을 보았다.

기뻤다. 쓰는 사람으로 살아가는 것이 기뻤다. 글 쓰며 슬픔도 아픔도 미움도 충분히 느껴보았지만, 끝내 나에게 남은 마음은 기쁨이었다. 충실하고 충만했기에 순전해진 기쁨. 이런 나의 기쁨이 나의 글이 되어 날아갔으면 좋겠다고 바라는 순간, 나를 둘러싼 세계가 한소끔 달라진 걸 느꼈다. 좋은 글을 쓰고 돌아가면서 홀로 곱씹는 이런 기분이야말로 나에겐 글쓰기의 효용이었다. 내 마음 어딘가에 애쓰며 야광별 하나를 붙여둔 기분이랄까. 기분이야 금세 사라질 테지만 두루 빛을 모아두었기에 이 마음은 어두울수록 반짝인다. 우연히 지금 나의 자리가 망원(望遠)이라는 것도 좋았다. 멀리 바라본다는 뜻을 품은 망원에서 나는 매일 망원하며 글 쓰다가 돌아간다.

글을 쓰려는 사람들이 자기 자리를 찾아 떠나보면 좋겠다. 내가 누구인지, 여기가 어디인지 망연할 때는 내가 살았던 자리들로 다시 돌아가보면 된다. 그때 그곳에 머물며 살았던 나의 이야기를 하나씩 써본다. 바라본 풍경들, 만난 사람들, 느낀 마음들, 경험해본 삶들. 그런 것들을 성실하게 쓰다 보면 알게 될 것이다. 작게 빛나는 나의 자리가 있었음을. 머물렀던 자리마다 사랑이 있었음을. 사람은 고유하고 아름다운 존재임을.

글을 쓰고 기쁘게 돌아가는 기분도 느껴보면 좋겠다. 웃기에도 울기에도 더없이 좋은 나의 자리로 돌아가 평안하고 안전하기를. 긴긴밤을 무서워 않고, 밝아온 아침에 다시 떠나기를 두려워 않는 사람으로 살아가기를. 그렇게 계속 글을 쓰면 좋겠다. 나도 어두운 곳마다 애쓰며 야광별을 붙여보는 사람으로 오래오래 살아갈 테니.

영화 「건지 감자껍질파이 북클럽」에서 독자에게 책 선물을 하려고 서점에 간 작가를 보았다. 작가는 책을 고르며 생각한다.

'책에도 귀소본능이란 게 있어서 어울리는 독자를 찾아간다는데 사실이라면 즐거운 일이지요.'

나도 필요한 누군가 읽어주길 바라며 책을 썼다. 내가 쓴 책은 어딘가로 떠나버리는 것이 아니라, 독자에게 돌아간다고 믿는다. 이 책에도 귀소본능이 있어서 어울리는 독자를 잘 찾아가길 바란다. 그가 이 책을 읽고 자기만의 글을 쓴다면 더할 나위 없이 좋겠다. 무언가 쓰려는 당신에게 꼭 필요할 테니 안아주는 마음을 담아 보낸다.

2022년 가을

고수리

차례

2부

3부

뒤로 물러서 있기
땅에 몸을 대고

남에게
그림자 드리우지 않기

남들의 그림자 속에서
빛나기

- 라이너 쿤체, 「은(銀)엉겅퀴」 전문*

1부

쓰지 않으면
알 수 없는 것들

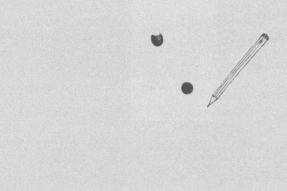

* 라이너 쿤체, 『은엉겅퀴』(전영애, 박세인 옮김, 봄날의책 2022)

원고료로 장을 보고 밥을 먹는다

우리 할머니는 매일 아침 다섯 시에 일어나요. 직접 아침을 만들어 먹고 아주아주 빠르고 깨끗하게 뒷정리를 끝내죠. 그런 다음 커다란 모자를 쓰고 물가로 나가요. 직접 보트의 노를 저어 강 한가운데에 나간 다음, 하루 종일 물고기를 기다려요. 낚시를 마치고 집으로 돌아와서는 정성껏 저녁을 준비해요. 그런 다음 아주아주 천천히 식사를 즐겨요. 만찬이 끝나면 서둘러 설거지를 끝내곤, 침대로 가요. 할머니는 또 아침 다섯 시가 되면 낚시 갈 준비를 한답니다.

—M. B. 고프스타인, 『할머니의 저녁 식사』(이수지 옮김, 미디어창비 2021) 줄거리

나에겐 글쓰기가 일이니까. 매일 열심히 글 쓰는(일하는) 이유가 뭘까 생각해보면, 답이 좀 싱거우리만큼 명료하다.

잘 먹고 잘 살고 싶어서. 그래서 '열심히' 쓴다.

열심히 글 쓰는 이유는 대단한 사람이 되려고도 아니고, 책을 내기 위해서도 아니다. 사람들에게 위로와 희망을 주고프지만 그건 언제나 성공할 수 있는 일이 아니다. 솔직히 나는 매 순간 이타적일 수 있는 인간도 아니다. 내가 하고 싶고 할 수 있는 일이라서, 나를 가장 나답게 만들어주어서, 조금이나마 선의를 나눌 수 있는 일이라서, 재밌어서 좋아서 쓰다 보니 10년 넘게 글로 먹고사는 사람이 되었다.

글 써서 밥을 먹고 삶을 산다. 에세이든 소설이든 구성이든 카피든 모든 글은 전부, 쓴다. 내 삶에서 글감을 찾고 글을 쓰고 글밥을 먹고 다시 삶을 산다. 시작과 끝이 모두 나와 연결되어 있기에, 내가 하는 일의 동력은 진정성이다. 그래선가 글 써서 버는 돈은 떳떳하고 싶다. 긴긴 시간 써왔어도 여전히 일희일비하지만, 되도록 충실하고 정직하게, 담담하게 해낸다. 글 써서 모은 사유와 돈과 마음은 나에겐 티끌만큼도 부끄럽지 않은 최선의 몫이므로. 원고료를 받은 날에는 정성스럽게 집밥을 차린다.

엊그제는 원고지 20매를 쓰고 받은 원고료로 장을 봤

다. 노트북과 노트와 책이 든 백팩을 메고, 시금치, 애호박, 보리굴비, 딸기를 담은 장바구니를 들고 무겁게 걸어갔다. 집 근처에서 아이들 하원 버스를 기다렸다가 같이 집으로 돌아왔다.

밥을 안쳤다. 재료들 다듬고 자르고 냉장고 열고 닫고 냄비들 달그락거린다. 새우젓 넣고 애호박 달달 볶다가, 된장 풀어 시금치된장국 끓이고, 보리굴비 폭 쪄서 조심조심 살을 발랐다. 밥상을 차리고 가족들과 둘러앉았다. 저녁 식사를 했다.

갓 지은 밥 한 숟갈 떠서 보리굴비 올려 '와암'. 마주 보고 먹는데 그때의 얼굴들은 왼손으로 그린 동그라미처럼 멋대로 동그랗다. 양 볼따구니가 빵빵해져 다들 무구하게 귀여워지는 순간. 행복해 보인다. '맛있다 맛있다' 말해주면 말로 포옹받는 기분이다. 귀여워라. 뿌듯해라. 맛있어라. 따뜻해라. 배부르게 먹고 나면 딸기 톡톡 씻어와 느긋하게 먹다가 게으름 피우다가 설거지를 한다. 어느새 밤. 다 같이 씻고 뒹굴다가 잠이 든다. 쿨쿨.

그런 밤엔 미처 생각하지 못한다. 좋은 글을 쓰지 못했네, 대단한 글감을 경험하지 못했네, 분량을 다 채우지 못했네, 칭찬받지 못했네, 확인하지 못했네. 성취와 증명과 인정과 스마트폰을 깜빡 까먹어버린다. 긴 저녁 식사는 체력과 정성이 많이 드는 일이기에 시간이 금방 지나간다. 쏜살같이 지나갔어도 내내 기억에 남는 어떤 행복한 순간처럼 내 안에 스며들어 안전한 안정을 느끼게 해준다. 이것만으로 충분한 하루라고. 나는 단순하게 행복해진다.

> 세상은 고요하고, 일상은 명료하고, 할머니는 오늘도 어김없이 낚시를 나갑니다. 작가는 따뜻한 눈으로 이렇게 말하는 것 같아요. "이걸로 충분해. 지금, 여기, 이 빛나는 것을 봐."
> ―앞의 책, 「옮긴이의 말」 중에서

그림책 『할머니의 저녁 식사』에는 아침 일찍 일어나 낚시를 나가는 할머니가 있다. 할머니는 온종일 물고기를 기다리다가 집으로 돌아와 정성껏 저녁을 준비한다. 아주아주 천천히 식사를 즐기고 일찍 잠자리에 든다. 내일 아침에 다시 낚시를 하러 가기 위해. '나의 가족들에게'라는 작가의 말로 시작되는 그림책은 다시 낚시하러 가는 할머니의 모습으로 끝이 난다.

이 간결하고 귀여운 그림책에서 인생을 깨닫는다. 나 이렇게 살고 싶었어. 언젠가 할머니가 되어도, 혼자가 된다

해도, 나에게 주어진 일상을 충실하고 정직하게 지어먹고 살고 싶다. 할머니의 낚시처럼 나도 오래도록 쓸 수 있다면 좋겠다. 그걸로 충분해. 그래서 충만해.

'너무 애쓰며 살지 마라. 사는 거 별거 없다. 새끼들이랑 뜨신 방에서 따순 밥 지어 먹으면 그게 행복이다.' 우리 엄마의 레퍼토리처럼. 인생의 저녁 즈음을 사는 엄마는 그런 게 삶의 단순한 진리라는데, 한때 하고픈 일이 너무 간절해서 마음이 자주 체했던 나는 저녁을 거르면서도 그 말을 이해하지 못했다. 해야 할 일들 일단 해내고 사랑하는 사람들 하나둘 늘어난 지금에야 오히려 가만히 고개를 끄덕인다. 삶의 군더더기는 걷어내고, 일상은 명료하게, 행복은 단순하게, 사랑은 가까이. 가족들과 따뜻한 저녁 식사를 나누려고 최선을 다해서 하루를 산다.

나에겐 이런 저녁이 행복이다. 일부러 매일 단순한 행복을 짓는다. 잘 먹고 잘 사는 거 참 대단할 게 없다. 오늘 저녁 맛있게 잘 먹었다. 내일 또 열심히 일해서 맛있는 거 같이 먹어야지. 다짐하며 쿨쿨 잠드는 밤이 내일 아침 일어나게 한다. 다시, 열심히 글 쓰러 나가게 한다. 웃차!

나의 눈부신 이모들

우리도 이런 시절이 있었단다.

엄마가 사진 한 장을 보내왔다. 와아. 조그맣게 감탄했다. 젊은 엄마와 이모들이 바닷가에서 함께 찍은 사진이었다. '드레스 코드는 레드!'라고 정하고 모인 걸까. 모두 풍성한 파마머리에 디테일만 조금씩 다른 빨간 수영복을 입고 있었다. 가슴골이 과감히 파인 수영복, 독수리 무늬가 강렬한 수영복, 귀여운 땡땡이 무늬 수영복, 아무 무늬 없는 심플한 수영복, 사선 프릴 장식이 세련된 수영복. 수영복 하나에도 다 다른 이모들 성격이 드러나서 웃음이 났다.

내가 태어나기도 전이었다. 80년대 어느 여름, 누군가의 결혼을 앞두고 떨어져 지내던 자매들이 마지막으로 함께 놀러 간 바다였을 것이다. 아마도 추진력 있는 둘째 순희가 모두에게 전화를 걸어 "언제 또 우리끼리 놀러 가겠니. 드레스 코드는 레드! 빨간 수영복 입고 오는 거다." 당부했을 테고, 그리하여 숙자, 순희, 순자, 명숙, 인숙은 자기만의 빨간 수영복을 장만해 설레는 마음으로 바다에 도착했을 것이다. 옷도 벗고 신발도 벗고 걱정도 벗고. 뜨거운 햇볕에 달구어진 모래를 맨발로 보독보독 밟으며 걸어가는 이모들. 부서지는 파도를 찰방 헤치고, 차가운 바닷물에 종아리를 담그고, 맨살을 맞대고 선 채로 깔깔 웃는 이모들. "우리 기념사진 찍자!" 사이좋게 팔짱을 끼고선 찰칵.

꼿꼿한 등과 곧은 어깨, 봉긋한 가슴과 탄탄한 허벅지를 드러낸 채로, 내일을 모르는 얼굴로 명랑하게 웃고 있는 여자들이 예뻤다. 사진 속 여름과 바다와 웃음과 여자들이 너무도 젊어서 눈이 부셨다. 나의 눈부신 이모들. 그때 나는 태어나지도 않았지만 이모들과 함께 웃었던 것 같은 이상한 기분이 든다.

엄마에겐 언니 셋과 여동생 하나가 있다. 엄마의 결혼 생활은 순탄치 않았고, 사는 일이 힘에 부칠 때마다 멀리 떨어진 이모들 집으로 피신하듯 달려갔다. 엄마와 함께 머물 때도 있었고, 나 혼자 맡겨질 때도 있었다. 그때마다 이모들은 나를 껴안아주듯 돌봐주었다.

항구도시에서 포장마차를 하던 첫째 이모 숙자는 잘 웃는 만큼 잘 울었다. 일을 마치고 돌아오는 즈음에 숙자는 알근하게 취한 때가 많았다. 어둑했지만 아늑했던 불빛 아래에서 어린 나를 꽉 끌어안고 노래를 불러주었다. 즐거웠던 그 시절은 그 어디로 가버렸나. 그런 애달픈 가사를 한숨 섞어 구슬프게도 부르다가, 웃다가 울었다. 내 손에 따스해진 귤 하나를 쥐어주며 "애기야, 너는 행복해야 한다." 훌쩍이던 숙자는 아무 숨김 없는 사람이었다. 숙자의 집을 생각하면 모두가 잠든 밤 홀로 켜진 노란 전구가 떠오른다.

꿈돌이동산이 세워진 도시에서 짜장면집을 하던 둘째 이모 순희는 하하하 소리 내어 웃는 사람이었다. 사람들을 잘 웃기고 자신도 잘 웃었다. 여름방학이면 순희네 가게에서 하릴없이 시간을 보내다가 일손을 보태곤 했다. 오래된 듯해도 단정했던 짜장면집. 내내 틀어져 있던 텔레비전 소리, 멜라민 그릇이 달그락거리던 소리, 쇠젓가락을 짤그락 부딪치며 호록호록 짜장면 먹던 소리를 배경음악 삼아, 주방에서 면을 뽑아 삶던 순희 곁에는 뿌연 김이 피어오르기에 어쩐지 낭만적이었다. 하하하 웃으며 주변을 화기애 애하게 만들던 순희는 씩씩한 사람 같았다. 순희는 사람을 빤히 쳐다보는 눈을 가지고 있었는데, 그 눈을 가만히 훔 쳐보다가 어느샌가 나는 알아챘다. 순희는 많이 힘들고 그 래서 언제든 떠나고 싶었지만 웃음으로 속내를 숨기는 사 람이라는 걸. 습관이 된 웃음은 순희를 씩씩하게도 힘들게 도 했다.

셋째 이모 순자는 엄마가 이혼하고 오갈 데 없어진 나를 고등학교 내내 돌봐주었다. 순자는 천진한 듯 부드러운 웃 음을 머금은 사람이었다. 딸 부잣집 셋째 딸은 정말로 예 쁜 것인가. 나는 최진실을 닮은 순자가 자매들 중에 제일 예쁘다고 생각했다. 성격도 마치 연기 잘하는 최진실처럼 야무지고 부지런했다. 한시도 가만있지 않고 쓸고 닦고 치 우고 만들고 움직였다. 그래서 언제나 집이 환하고 음식 이 맛있었다. 순자는 공부하는 걸 좋아했다. 그 시절 여자 들이 그랬듯 하고픈 공부를 하지 못하고 주부가 되었지만, 순자는 체념하지 않고 할 수 있는 공부를 찾아서 했다. 매 일 신문을 읽고 성경을 통독하고 박경리의 『토지』를 완독 했다. 글자를 읽고 쓰는 걸 좋아해서 서예를 배웠다. 기숙 사에서 돌아오는 주말이면 순자를 따라 서예 학원에 갔다.

학원 문을 열고 들어서는 순간, 바깥세상 스위치가 뚝 꺼졌다. 흙냄새와 햇볕 냄새 같은 먹 냄새와 한지 냄새가 자연스럽게 밴 그곳은 마치 작은 숲처럼 안온했다. 책상에 앉아서 붓을 들고 『논어』의 문장을 써 내려가던 순자. 웃음기 거둔 순자의 다부진 얼굴은 나만 아는 것이었다.

막내 이모 인숙은 언제나 자리에 없었다. 떠돌다가 다른 이모네에서 마주치고, 또 떠돌다가 할머니 집에서 마주치고 그런 식이었다. 인숙은 웃지 않는 사람이었다. 프랑스 배우처럼 도회적이고 매력적인 분위기를 가진 미인이었는데 곁을 주지 않아 사람들이 어려워했다. 인숙은 무언가 잃어버린 사람 같은 얼굴을 하고 홀연히 사라졌다가 불현듯 돌아오곤 했다. 딱 한 번, 내가 여덟 살 땐가, 수줍게 웃으며 집에 일본 남자를 데려온 적 있었다. 사랑을 품은 인숙의 얼굴은 전혀 어색하지 않았고, 어쩌면 이 웃음이야말로 인숙의 진짜 얼굴 아닐까 생각했다. 그러나 그 남자와 가슴 아프게 헤어지고 인숙은 다시 웃지 않는 사람이 되었다. 인숙이 잃어버린 건 뭐였을까. 찾으려던 건 또 뭐였을까. 생각하면 조금 슬퍼진다.

자매들이 가정을 꾸리고 떨어져 살게 된 후로 한자리에

모일 기회는 좀처럼 드물었다. 할머니가 돌아가시고는 더더욱. 그래서 내가 기억하는 이모들의 모습은 모두 어린 눈으로 본 단편적인 기억들뿐이다. 사적인 삶이기에 함부로 자세히 얘기할 순 없지만, 이모들은 하나같이 그랬다. 그냥 없던 일처럼 까먹어버리고픈 세월 같은 걸 꿀꺽 삼키고서 신산한 삶을 살았다.

내가 진짜로 알고 싶은 건 이모들의 속 깊은 이야기였는데. 그 이야기는 너무나 막막하고 먹먹해서, 이모들은 말하다가도 북받쳐 웃어버리거나 울어버리곤 했다. 이모들은 글을 쓰지 않으니까, 이모들조차 자꾸 제 이야기를 까먹어버리고 만다. 사는 게 너무 바쁘고 고생스러워서 까먹고, 드물게 만날 때마다 옛날 얘기하다가 까먹고, 묻는 이 듣는 이 없으니 한 시절을 그냥 까무룩 까먹고, 이제는 늙어가느라고 깜박깜박 까먹어버린다. 영화 「찬실이는 복도 많지」에선 꽃밭에서 깔깔 웃으며 사진 찍는 할머니들을 보며 찬실이가 이런 말을 한다.

"이상하게 할머니들한테는 가슴이 너무 아파서 안 까먹고는 못 사는 그런 세월이 있는 것 같아요. 안 그러고선 어떻게 저렇게 웃을 수 있나 싶어요."

나의 결혼식 날 이모들과 찍었던 사진이 떠오른다. 웨딩

드레스 입은 내 곁에 팔짱을 끼고 나란히 선 숙자, 순희, 순자, 명숙, 인숙. 아버지와 친가 친척 없는 결혼식이 쓸쓸해 보일까 봐, 행여 그래서 내가 기죽을까 봐, 이모들은 그날 화려한 한복을 맞춰 입고 사락사락 걸어왔다. 나란히 선 우리는 조르르 키가 닮았고, 얼굴이 닮았고, 웃음이 닮아 있었다. 어느새 할머니가 된 엄마와 이모들은 어제도 오늘도 내일도 다 아는 것 같은 얼굴로 명랑하게 웃고 있었다. 가장 아픈 세월일랑 그냥 까먹어버리자고. 어떤 슬픔과 체념이 고인 명랑한 웃음을 지으며, 사는 게 뭔지 다 안다는 얼굴로 내 곁에 서 있었다.

이모들에게 나는 자랑이다. 어린 것이 힘들게 자랐는데 이모들 대신 공부도 하고 글도 쓰고, 애들 키우며 야무지게 사는 게 참 대견스럽단다. 이모들은 글 쓰는 나에게 칭찬의 말만 해준다. 제일 웃음이 많은 사람은 여전히 숙자라서 "세상에, 우리 수리가 책 쓰는 작가 선생님이야? 대단하다!"며 노래 부르듯 칭찬해준다. 울음이 제일 많았던 사람은 알고 보니 순희였기에 종종 장문의 문자를 보내오고 전화를 걸어 오래 울다가만 끊는다.

세 번째 책 『고등어 : 엄마를 생각하면 마음이 바다처럼 짰다』(세미콜론 2020)를 썼다. 집필하는 동안 엄마와 이모들에게 툭하면 전화를 걸어 물어보았다. 당신들은 어떻게 살아왔는지. 아무도 묻지 않아 대답할 수 없었던 속 깊은 이야기를 녹취하고 정리했다. 거기에 나의 기억과 상상을 더해 살아온 이야기를 재구성했다. 그야말로 우리 집 여자들의 구술생애사, 작지만 실로 큰 책이었다.

책에는 두둥실 보름달 뜬 밤에 할머니와 이모들이랑 곱게 단장하고 이상한 노래방에 놀러 간 추억이 실려 있다. 이모들에게 전화해 글을 읽어주었다. 이모들은 전보다 더 잘 웃고 잘 울고 다정해져서, 나에게 아낌없이 칭찬의 말을 해준다.

"수리야. 사는 게 힘들었지. 그래도 좋다. 그런 거 저런 거 다 지나가고 좋은 일만 있고. 앞으로도 좋은 일만 있겠지. 그렇게 사는 거지 뭐." 숙자의 말.

"너는 아무것도 모르는 줄 알았지. 이렇게 아름답게 기억해줘서 고맙다." 순희의 말.

"수리야. 너는 영영 늙지 마라. 지금처럼 영영 예뻐라." 순자의 말.

"딸, 쓰는 일이 괴롭진 않니. 간직하고팠던 우리 이야기 대신 써줘서 고마워." 명숙의 말.

인숙은, 전화도 대답도 없지만 조용히 내 책을 읽고 있을 거란 걸 안다.

어려서부터 그랬다. 이모들은 입으로 나보다 더 좋은 글을 쓴다. 잘 웃고 잘 울던 엄마와 이모들이 건네준 말들이, 전해준 이야기가, 살아온 삶이 나를 쓸 수 있게 했다. 나를 돌봐주고 자랑스러워하는 이모들이 있어서 나는 글 쓰며 사는 게 괴롭지도 무섭지도 않다. 내가 기죽을 것 같으면 이모들은 화려하게 차려입고 찾아와 기꺼이 내 옆에 함께 서줄 테니. 그냥 까먹어버려도 괜찮다고, 그거 아무 일도 아니라고, 네 원대로 살라며 환하게 웃어줄 테니.

행방불명의 시간이 필요해

인간에게는/ 행방불명의 시간이 필요합니다/ 이유를 설명
할 수는 없지만/ 그렇게 속삭이는 무언가가 있습니다// 삼
십 분도 좋고 한 시간도 좋고/ 멍하니 혼자/ 외따로 떨어져/
선잠을 자든/ 몽상에 빠지든/ 발칙한 짓을 하든// 전설 속
사무토 할머니처럼/ 너무 긴 행방불명은 곤란하겠지만/ 문
득 자기 존재를 감쪽같이 지우는 시간은 필요합니다 (중략)
저는 집에 있어도/ 종종 행방불명이 됩니다/ 초인종이 울려
도 나가지 않습니다/ 전화벨이 울려도 받지 않습니다/ 지금
은 여기 없기 때문입니다

　─이바라기 노리코, 「행방불명의 시간」(정수윤 옮김, 『처음 가는 마
　을』, 봄날의책 2019)

이바라기 노리코의 시를 읽던 날, 아이들은 낮잠을 자고

31

있었다. 아이들 재운 방에서 살금살금 걸어 나와 휴대폰을 무음으로 바꾸고, 소파 구석에 쪼그려 앉아 시집을 꺼내 들었다. 시계를 확인했다. 시간이 너무 없어. 달그락거리는 마음으로 책을 열자 활자들이 기다렸다는 듯 쏟아져 마중을 나왔다. 그리고 읽게 된 시의 문장. 여러 번 따라 읊었다.

'저는 집에 있어도 종종 행방불명이 됩니다. 지금은 여기 없기 때문입니다.'

시인이 괜찮다고 어깨를 만져주는 기분이 들었다. 지금은 엄마도 주부도 아닌, 온전한 나만의 시간이야. 나는 그제야 소파 등받이에 느슨하게 기대어 마음 놓고 책을 읽었다. 행방불명의 시간이었다. 엄마가 된 후, 나는 집에 있어도 종종 행방불명되었다. 책 속으로, 글 속으로. 아무도 나를 찾지 못하는 나만의 세계로 숨어들었다.

"시간이 너무 없어."

엄마가 되고 가장 많이 했던 말이었다. 정말로 시간이 없었다. 정확히는 나의 시간이 없었다. 아이들을 낳기 전에는 내가 하고 싶은 일을 밤새워 해도 되고, 할 수도 있었다. 작가가 직업인 나에게는 읽기와 쓰기가 그랬다. 더욱

이 내가 좋아서 선택한 일이었으므로, 나는 온종일 책을 읽고 글을 써도 행복했다. 내가 해낸 작업들이 하나씩 쌓여 원고가 되고 책이 되고 이력이 되고 경력이 되는 삶. 나의 일을 이뤄가는 성취감이 나라는 사람을 선명하게 만들었다.

엄마가 되자 하루가 더 바빠졌다. 아이들을 돌보고 삼시 세끼 밥 짓고 살림하는 엄마이자 주부의 일. 그런데 이상했다. 밖에 나가 일하던 때보다 곱절은 바쁘게 열심히 일하는데도 나는 투명해졌다. 째깍째깍, 시계 초침 같은 일상을 살면서 아이들과 복작거리며 쉬지 않고 바쁘게 움직이는데도 내가 해낸 일들은 쌓이지 않고 녹아서 투명하게 사라졌다. 나의 일, 나의 성취, 나의 꿈, 나의 시간은 모두 어디로 사라진 걸까.

깨달았다. 돌봄노동과 가사노동을 해내는 나는, 사회적 성취와 인정이 없는 일을 매일 반복하고 있다는 걸. 그리고 내가 엄마의 삶을 선택한 이상, 다시는 이전으로 돌아갈 수 없다는 것도. 시간이 나면 책을 읽고 싶었는데, 시간이 나면 글을 쓰고 싶었는데. 책도 노트북도 원고 뭉치도 없는 텅 빈 식탁을 돌아볼 때마다 나는 무너지는 마음을 부여잡았다. 하고 싶은 일을 하지 못하자 울화가 치밀고 우울해졌다. 내 힘든 마음은 고스란히 아이들에게 전해졌고, 아이들에 대한 미안함과 죄책감은 다시 나를 향했다.

지금 당장 내가 하고 싶은 일이 뭘까. 나는 어떤 때 가장 나답고 충만하다 느낄까. 나는 절실하게 읽고 쓰고 싶었다. 나만의 일을 해내려면 나만의 시간이 필요했다. 책임과 관계에서 외따로 떨어져, 나 혼자 보내는 시간이 필요했다. 일단 시간을 만들자. 시간이 나기를 기다리지 않고, 어떻게든 시간을 내려고 애썼다. 시간을 내서 책을 읽고, 시간을 내서 글을 썼다.

아이들이 어렸을 때는 낮잠 시간 30분. 아이들이 원에 가면서는 등원 후 30분. 오로지 나를 위한 30분. 겨우 30분이 아니라 무려 30분. 나는 그 30분을 '행방불명의 시간'이라고 불렀다. 휴대폰을 무음으로 바꾸고, 세상의 스위치를 끄고 책을 읽거나 글을 썼다. 초인종이 울려도 나가지 않고, 전화벨이 울려도 받지 않는, 집에서의 행방불명의 시간. 아무도 방해하거나 강요하거나 참견할 수 없는 나만의 시간을 보냈다. 돌아보면 그 시간이 나를 구했다. 더디더라도 꾸준히 읽고 쓰는 나로 살아갈 수 있도록 도와주었다.

이바라기 노리코의 시처럼, 인간에게는 자기 존재를 감

쪽같이 지우는 행방불명의 시간이 필요하다. 30분도 좋고 1시간도 좋다. 멍하니 혼자, 외따로 떨어져, 선잠을 자든 커피를 마시든 책을 읽든 그림을 그리든 텔레비전을 보든. 어떤 책임으로 불리는 자기 존재를 감쪽같이 지우는 시간이 필요하다. 행방불명의 시간을 보내는 것에 자책감이나 미안함을 갖진 않았으면 좋겠다. 하루 24시간 중에 30분 정도는 오로지 나로 살아도 괜찮다. 아니, 그래야만 한다. 그래야 나의 인생이다. 잠시간 나를 나로 채우고 다시 힘을 내어 살아간다. 나는 오늘도 세상의 스위치를 끄고 활자 속으로 숨는다. 행방불명의 시간. 아무도 나를 찾지 못한다.

　글쓰기 수업에서 만난 은혜 씨는 매일 8시간씩 그림을 그리는 사람이었다. 그러나 엄마가 되자 그림 그릴 시간이 사라졌다. 종일 아이들 돌보고 집안일하고 쉴 틈 없이 바쁜 하루를 보내는데도, 잠을 줄여서라도 그림 그릴 시간을 만들지 못하는 자신이 게으르게 느껴진다고 은혜 씨는 고백했다. 엄마의 일과 자아의 일 사이에서 이러지도 저러지도 못하며 자신을 탓하고 몰아붙이는 엄마. 그건 지난날의 내 모습이기도 했고, 어쩌면 모든 엄마의 모습이기도 할 것이다.

나와 같은 이유로, 은혜 씨는 '하루 30분만 뭐라도 그리자' 결심했다. '아이가 무릎에 와 앉아 있어도 한 손으로는 그림을 그렸다. 그림에 더 집중할 수 없어 신경이 곤두서던 날도 많았다. 하루에 얼굴 하나 그리는 것도 의미가 있을까 회의감에 빠지기도 하면서.' 그렇게 1년을 그렸다. 1년 후, 은혜 씨에겐 100장의 그림이 남았다. 그림 모퉁이에는 언젠가 적어둔 메모가 있었다.

> 책 읽는 시간은 언제나 훔친 시간이다(글을 쓰는 시간이나 사랑하는 시간처럼 말이다). 대체 어디에서 훔쳐낸단 말인가? 굳이 말하자면, 살아가기 위해 치러야 하는 의무의 시간들에서다.
> — 다니엘 페나크, 『소설처럼』(이정임 옮김, 문학과지성사 2004), 160면

소설가 다니엘 페나크의 문장이었다. 그래도 1년 동안 100장을 그렸구나. 하루 30분이라는 시간을 훔쳐서. 은혜 씨는 불쑥 눈물이 났다고 했다. 내가 '행방불명의 시간'이라고 부르는 시간을 은혜 씨는 '훔친 시간'이라고 불렀다. 애써 만든 하루 30분이라는 시간. 우리에겐 겨우 30분이

아닌 무려 30분이었던 그 시간에, 우리는 각자의 세계에서 쓰고 그려서 각자의 작품을 만들었다. 전처럼 8시간씩 그림을 그렸다면, 1년 후 은혜 씨에겐 1,600장의 그림이 남았을 것이다. 그러나 같은 엄마인 나에게는 은혜 씨가 간절함으로 그린 100장의 그림이 훨씬 대단하고 값지게 느껴진다. 우리가 작은 시간을 내어 작은 성취를 이루는 동안에도 아이들은 건강하고 즐겁게 자랐을 것이다. 자기만의 시간을 애써 만들고 열심히 보낸 우리는, 다시 돌아와 최선을 다해 가족들과 시간을 보냈을 테니까.

　행방불명의 시간이든 훔친 시간이든, 엄마들에게 30분이라도 자기만의 시간이 있었으면 좋겠다. 그 시간이 나를 재료 삼아 무언가를 만드는 창조적인 시간이라면 더욱 좋겠다. 작은 시간과 작은 성취와 작은 꾸준함이 모여 나의 삶을 만든다. 다니엘 페나크는 말했다. "책을 읽는 시간은 사랑하는 시간이 그렇듯, 삶의 시간을 확장시킨다"(앞의 책, 160면). 우리가 책을 읽고 글을 쓰고 그림을 그리고 생각에 잠긴 시간은, 다름 아닌 사랑하는 시간이다. 가족을 사랑하는 시간처럼 나를 사랑하는 시간이다. 그 시간은 사라지고 허비되는 것이 아니라 스며들어 쌓인다. 어느 순간부터 녹지 않고 쌓이는 아주 작은 눈송이들처럼, 모르는

새에 스며들다가 소복이 쌓여서 반짝인다. 돌아보았을 때,
불쑥 눈물이 날 정도로 아름답게.

왜 나는 깊이가 없을까

왜 나는 깊이가 없을까? 무언가를 창작하는 사람이라면 한 번쯤은 빠지고 마는 심해 같은 고민 아닐까.

초심자의 행운이었을까. 처음으로 공모해본 소설이 지금은 사라진 소설상에서 대상작으로 선정되었다. 첫 공모였기에 어떠한 기대나 확신도 없던 나는 문예지와 소설상에 중복 투고를 했고, 모두 연락을 받았다. 문예지 측에서는 축하한다며 작가에겐 대상 등단이 훨씬 좋은 것이니 작품을 지면에 게재하지 않겠다고 했지만, 소설상 주최 측에선 그럴 수 없다며 수상을 취소했다. 원칙적인 판단과 절차였기에 아쉬워도 받아들여야 했다. 결국 나는 낙선되었고 등단하지 못했다. 다른 대상작이 실린 지면에서 내 글에 대한 심사평을 읽었다. 마지막 문장은 이러했다.

삶을 꿰뚫는 '하나의 점'을 만들어야 한다.

　심사 위원은 글에 대한 나의 재능은 칭찬했지만 깊이가
부족하다고 말했다. '하나의 점'이란 게 뭘까. 심사평이 어
찌나 모호하고 강렬했는지, 그대로 메모장에 옮겨두었다.
그 말은 내내 나를 사로잡았다. 왜 나는 깊이가 없을까, 어
디에서 어떻게 깊이를 찾아야 할까. 오래도록 몰두하고 고
민하고 괴로워했다. 어려운 작품들과 비평들을 찾아 읽고
공부했지만 이후로 소설은 하나도 쓸 수 없었다. 심사평
받았던 나의 첫 소설은 노트북 깊숙한 폴더 안에 잠자고
있다.

　다행히 일로서 글을 써왔기에 다큐 원고, 영상 구성, 카
피, 에세이 등 여러 분야에서 꾸준히 글 쓰며 살고 있다. 종
종 생각한다. 내 글에 깊이가 있나. 여전히 잘 모르겠다. 솔
직히는 자주 부끄러워진다. 다만, 그때의 방황을 지나며
나만의 기준이 생겼다.

　꼭 소설이 아니어도 좋다. 어떤 장르든, 고유한 내 이야
기가 녹아 있으면서도 독자들을 위한 보편적인 글을 쓰고
싶다. '한 사람이 살아온 이야기'를 어떻게 진솔하고 이해
하기 쉽게 전달할 것인가. 그런 보편적이지만 아름다운 글

도 세상엔 필요하지 않을까. 나는 깊이 대신 목소리를 찾 았다.

지금에야 그냥 내가 하고 싶은 이야기를 쓰는 거지. 항 상 좋을 수도 항상 나쁠 수도 없으니까 꾸준히 내 작품 쓰 는 거지. 담담하고 단단해졌다. 그러나 여전히 두려울 때 가 있다. 모호하거나 무례하거나 악의적인 평가의 말들에 사로잡힐 때, 그럴 때 생각한다. 나를 좋아하는 사람이 열 명이라면 나를 싫어하는 사람도 열 명이라고. 모두에게 좋 을 순 없다. 모두 다 완벽할 순 없다. 필요한 건 받아들이고 창작자로서 지켜야 할 고집은 나도 굳게 가지자고.

나는 몽당한 마음으로 쓰고 싶었다. 부지런히 써서 뭉툭 하게 작아지는 몽당연필 같은 마음으로. 나는 삶을 꿰뚫는 날카로운 하나의 점을 찍고 싶은 게 아니라, 삶의 테두리 를 잇는 여러 개의 점을 눈송이처럼 그려보고픈 작가였다.

왜 나는 깊이가 없을까. 누군가 당신의 깊이를 지적해서 고민하고 방황하고 있다면, 좌절하지 말고 버텨보길 바란 다. 한마디 말에 고꾸라지는 게 마음이라서, 버티기 어렵 단 걸 안다. 그렇지만 계속 자신의 작품을 만들고 싶다면 어디에도 지지 않을 정도의 끈기는 있어야 한다.

어떻게 버틸 수 있을까. 꿈을 포기하지 않고 삶을 살아가려면, 어쩔 수 없이 나에게 있는 것 하나씩은 버려야 한다. 꿈이든 삶이든 고민이든 자책이든 너무 무거우면 가라앉고 마니까. 너무 깊이 가라앉아버리면 다시 시작할 수조차 없을 테니까. 버릴 수 있는 것들 하나씩 버리며 일단 내가 쓸 수 있는 것들을 쓴다. 내 목소리, 내 고집을 부낭처럼 부둥켜안고, 당장 최고가 되려 말고 지금 최선을 다하는 마음가짐으로. 그러면 버틸 수 있다.

이런저런 말들에 휘둘리지 말고 깊이 대신 목소리를 찾을 것. 당장 최고가 되려 말고 지금 최선을 다할 것. 그렇게 버티는 시간은 조금 오래 걸릴지 모른다. 그러나 창작하는 사람은 누구나 그런 지난한 시간을 지나며 단단해지고 다듬어진다. 나다운 걸 찾아낸다. 날카롭고 유려하게 벼려서 단 하나의 점을 꿰뚫을 순 없겠지만. 뭐랄까. 내가 아니면 만들 수 없는 좀 이상하고 아름다운 그런 어떤 것. 당신만이 만들 수 있다.

어둑한 구석에 머무는 마음

너저분하게 흐트러져 있던 메모 앱을 정리했다. 거기엔 5년 넘게 기록한 메모들이 고스란히 남아 있었다. 찍어둔 필름들을 아무렇게나 모아둔 먼지 쌓인 창고 같달까. 영감, 문장, 일기, 비밀이라는 이름으로 폴더를 만들고 칸칸이 알맞은 필름들을 나눠 담듯 차곡차곡 메모를 정리했다.

돌돌돌, 다 찍은 필름을 붙여 돌려보듯 시간을 거꾸로 거슬러가며 읽어보는 나의 기록들. 사는 게 숨차고 버거웠던 시기에는 대체로 메모들이 짧았다. 때때로 무언가 떠오를 때마다 '불쑥'보다는 '울컥'에 가까운 심정으로 적어둔 기록들이었다. 오타가 뒤섞인 말도 안 되는 문장들이 다급한 몸짓으로 말꼬리를 흐린 채 남아 있었다. 그사이 유일하게 단정한 메모 하나를 발견했다. 짧은 메모들과는 달리, 여러 번 쓰고 다듬은 티가 났다.

차츰 조연이 되어간다. 나는, 스포트라이트 아래 비켜서서 어둑한 구석에 있는 사람. 돋보이는 사람 뒤에 가만히 열등감을 들고 있는 사람. 보이지 않지만 필요할 때 돌아보면 어김없이 거기에 있는 사람. 한 발짝 물러서서 누군가를 보고 있는 사람, 듣고 있는 사람, 부러워하는 사람, 기다리는 사람, 돌보는 사람. 그리하여 흐려지는 사람. 차츰 주인공보다 조연이 어울리는 사람이 되어간다. 그런 삶이 나에겐 어울리지. 그런 삶이 나도 좋은 것 같아. 그래도 한 번쯤은, 주인공이었으면 하는 솔직한 마음. 그러나 오늘도 조연의 삶.

살다 보면 나 자신이 낯설어지는 순간이 있다. 너는 한때 이런 사람이었다고 내가 쓴 글이 나를 말해주고 있는데도, 나는 내가 낯설어서 멀고, 낯설어서 먹먹했다. 그때 어떤 마음으로 살았냐고, 한 번쯤 멈추고 돌아볼 걸 그랬다. 사는 거 바쁘다고 내 마음 나도 모른 채 지나쳐버리고 말았네. 가만히 들여다보았다. 그때 너의 하루는, 너의 얼굴은, 너의 뒷모습은 어땠더라 하고. 골똘히 나를 생각했다. 차츰 선명해지는.

너는 알고 있을까. 훗날 이 글을 읽은 나는 그런 너야말로 주인공 같은 걸. 너는, 어둡고 흐릿해서 빛의 고마움을 아는 사람. 어쩔 수 없이 상처들을 지나치지 못하는 사람. 지켜야 할 것들을 두고서는 떠날 수 없는 사람. 그래서 작은 것들을 보고 듣고 쓰는 사람. 있지, 내가 살고 있는 영화는 그리 극적이지 않아서, 흘러가는 거 살아 있는 거 그대로 찍어두는 그런 영화라서, 나는 그냥 살아가는 너를 보고만 있어도 좋은 걸.

'마음'이라고 이름 적었다. 폴더를 열어 이 메모를 넣어두었다. 스포트라이트 아래 비켜서서 어둑한 구석에 머무는 마음이야말로 귀하다는 걸. 나는 이제 그런 걸 아는 사람이 되었으므로.

악플에 대처하는 작가의 태도

지랄.

생애 첫 작가 인터뷰에는 단호한 두 글자가 달렸다. 첫 악플이었다. 해당 댓글은 인터뷰가 실린 플랫폼에 가입해야만 남길 수 있었다. 기념할 만한 첫 악플러는 공들여 회원 가입을 하고 강렬한 댓글을 남긴 후 바로 탈퇴해버렸다. 슬프게도, 그래서 첫 악플러의 존재를 가늠해볼 수 있었다. 아마도 나를 아는 사람이었을 것이다. 의도적으로 나에게 반감을 가지거나, 혹은 나를 가까이 알고 있는 사람일 거란 짐작. 시기일까, 질투일까, 미움일까. 그가 나에게 미움을 품고도 웃어줄지 모른다는 사실이 오래 마음을 괴롭혔다.

지랄이라는 신호탄으로 작가 생활하는 동안 드문드문

그러나 끊임없이 내 글과 나에 대한 악의적인 평가와 댓글들을 만났다. 나는 그리 유명한 작가가 아닌데도 끝도 없이 무례하거나, 독단적으로 지식을 자랑하는 이들이 내 글을 평가했다. 악플은 힘이 세다. 그간 읽었던 악플들 모두 기억할 정도로 세다. 악플이 달렸던 나의 문장과 발언들도 여전히 아리다. 대체 내가 무슨 잘못을 했기에, 어떤 부분이 맘에 들지 않았기에 그런 걸까. 내 글이 그리도 별로였나. 나는 좋은 글을 쓸 수 있을까. 진심을 보냈는데 미움이 돌아오는 순간, 지울 수 없는 상처가 된다.

악플은 상처일 수밖에 없다. 악의적인 무례함과 평가들은 조심조심 걸어가는 작가의 걸음에 태연하게 발을 내밀었다가 유유히 사라진다. 걸려 넘어진 마음은 아무리 노력해도 회복하기 어렵고, 오래 상처로 남아 글쓰기를 주저하게 한다. 특히 에세이는 작가의 삶과 밀착된 일인칭 시점 문학이기에, 삶 자체를 비난받고 부정당하는 무서움을 느낀다. 잘 쓰지 못했다는 조바심은, 잘 살지 못했다는 두려움으로 번져 마음을 괴롭힌다.

"마음 쓰지 말고 그냥 흘려버리세요"라는 조언이 최선일 테지만 솔직히 못 미덥다. 마음 쓰지 않기가 어려웠다. 마음 쓰는 일이야말로 글쓰기의 태도인데 '마음을 덜 쓰려는 일'에는 마음 쓰는 일만큼이나 곱절의 힘이 들었으니까. "어쩌겠어요. 그래도 쓰고픈 마음이 더 크다면 써야죠. 그저 나를 믿으며 써봐야죠." 이런 혼잣말에 기대어 나는 내내 써왔다. 쓰고픈 마음이 더 커지면, 악플에 연연하는 마음이 좀 작아졌다. 시간이 지날수록 조금씩 나아졌다. 다시 글을 썼다.

우리가 악플에 연연하고 흔들리는 이유는, 작가 자신이야말로 자신의 글을 완전히, 온전히, 완벽히 여기지 않기 때문일 것이다. 작가들은 그 어떤 독자보다 내 작품의 불완전함을 사무치게 느낀다. 내가 쓰는 글은 언제나 불완전하다. 불완전한 자신처럼, 삶처럼, 글도 불완전하다. 그럼에도 불구하고 나는 불완전한 내 글을 아낀다. 진실하다고도 느낀다. 누가 뭐라 해도 나 자신만큼은 진심으로 썼다는 걸 알고 있다. 진심이 아니라면 악플들에 그토록 아플 리가 없으니까. 나는 최선을 다해 썼다. 170년 전 시인 엘리자베스 배럿 브라우닝의 문장을 따라 읽는다. '경이와 진실로 쓰인 작품은 경이와 진실의 사고 속에서 보호받아야 마땅하다(마리아 포포바, 『진리의 발견』, 지여울 옮김, 다른 2020).'

나의 일은 쓰기. 다시 쓰기. 계속 쓰기. 읽기와 평가는 독자의 몫으로 두고, 나는 내가 쓸 글을 쓴다. 불완전하더라도 나는 날마다 쓰면서 나다워진다. 불완전한 나는 내가 보호해야 한다. 나에게 마음을 쏟는다. 무례한 악플은 가능하다면 즉시 차단한다. 악플을 미워도 해본다. 실수나 오류가 있다면 인정하고 바로잡는다. 때로는 리뷰와 댓글들을 찾아보지 않는다. 잠시 글쓰기를 떠나 지낸다. 믿을 만한 동료들에게 조언을 구한다. 토로도 하고 두둔도 하고 방황도 한다. 칭찬과 호평도 깨끗하게 받아들인다. 일상을 지킨다. 마음을 둔다. 나를 믿는다. 그리고 다시 쓴다. 작가에게는 자기 자신을 아낄 완고한 고집이 필요하다.

지나가는 것이 아니라 바뀌는 거라고

환절기에는 어김없이 아프다. 목이 아프고 콧물이 나서 한나절 고생하다가는 감기약을 사 먹는다. 밖은 쌀쌀하고, 멍한 정신에 그 채로 목적지를 잊어버린 사람처럼 걷다 보면 이 계절은 꼭 겪어본 꿈처럼 느껴진다. 내가 걷고 있는 감각과 보고 있는 풍경이, 이상하리만큼 살아 있다는 게 실감 나서 그게 좀 신기하다.

걷던 길의 풍경이 바뀌었다. 낡은 건물을 뒤덮은 담쟁이 손들은 발갛게 물들었고, 바닥에 엎드려 잠만 자던 큰 개는 모처럼 일어나 나를 보고 인사하듯 서 있었다. 일기를 쓰는 카페에 찾아가 밀린 일기를 썼다. 일기장을 덮은 지 꼭 14일 만이었다. 그사이 하루도 쓰지 않아서 14일 치 일기가 텅 비어 있었다. 세상에. 시간은 너무 빠르게 지나간다. 사라진 14일 동안 무얼 했나 떠올려봐도 아무것도 생각나지 않았다. 메모와 메시지와 사진들을 증거 삼아 거꾸로 하루와 하루를 추리하며 밀린 일기를 썼다. 순서는 뒤죽박죽이래도 선명히 기억나는 순간들이 있었다.

현관문 밖을 향하도록 신발들을 가지런히 정리하던 어둑한 오후. 좋아하는 외투를 꺼내 입고 일부러 돌아 걷던 비 내리는 골목. 종이컵에 미지근한 녹차를 우려내어주던 동료의 손길. "모두에게 좋은 사람이 되고 싶어도 그럴 수 없다는 걸, 실은 그러고 싶지 않다는 걸 깨닫는 요즘이야"라던 친구의 말. 놀이터에 누워서 "이렇게 누우면 꼭 비가 오는 것 같아" 하늘을 보던 아이의 얼굴. 그 얼굴을 내려다보던 나의 얼굴. 플라타너스 마른 잎을 밟다가 무언갈 부서뜨리는 것 같아 두려워진 기분. 꽃말이 '기쁨'이라고 주인이 일러주어 샀는데, 찾아보니 '수수께끼'라는 꽃말을 가진 커다란 꽃. 그런 꽃을 선물하고 비밀로 간직한 날의 마음. 모르는 글씨로 쓰인 책을 오래도록 읽던 정오. 택배 상자를 열다가 우울이 후드득 쏟아지는 기분에 일부러 무릎을 꿇고 방바닥을 닦던 노력 같은 것들.

그런 것들을 기록하면서도 나는 예민하게 느끼고 있었다. 막스 리히터(Max Richter)의 음악, 「On The Nature of Daylight」. 카페에 홀로 머문 나에게 어울릴 법한 노래를 골라 틀어주던, 노랫소리가 커질 때면 볼륨을 줄여주던 카페 주인의 세심한 배려 같은 것. 이런 것들을 기록하지 않는다면, 텅 비어버린 페이지에 다 뭉뚱그려 잊혀져버릴 텐데. 그게 너무 아까우니까, 그래서 쓰는 거라고. 쓰면서 생각했다.

쓰다 보니 생각하게 되고, 생각하다 보니 손바닥에 잡아두고 싶은 낮볕 같은 장면들이 하나둘 기억났다. 다행히 시간은 지나가버린 게 아니라 바뀌고 있었다. 우리도 지나가는 것이 아니라 바뀌는 거라고. 바뀌고 있다고 알아챌 수 있도록 예민해져도 좋을 것이다. 계절이 바뀌었다. 추워지니 좋다. 날씨가 추워지니 따뜻해지고 싶다.

언제든 삶에게 미소 짓는 사람

　내가 쓰는 글과 어울리는 말은 뭘까. 곰곰 생각해보면, '다정(多情)'이다. 누군가는 '선한 영향력', 또 누군가는 그걸 '선량한 오지랖'이라고 표현해주었는데, 나는 나의 다정을 작고 귀여운 할머니가 히 웃으며 가져가, 하고 건네주는 '다정함'이라고 표현하고 싶다. 이 작고 귀여운 할머니는 웃음도 울음도 쉽고 다정하지만, 녹록지 않은 삶을 살았기에 세상 사람들 그저 살아내는 것만으로도 잘도 대견하다 여기는 사람이다.

　나에게 어울리는 말들은 무엇이었나. 처음 책을 썼을 즈음이라면 '슬픔' 혹은 '위로' 같은 깊은 감정의 말을 떠올렸을 것이다. 그러나 8년쯤 꾸준히 글을 쓰고 삶을 일구다 보니 '다정', '포옹' 같은 말이 떠오른다. 가까이에서 안아주는 말들. 스스로가 그렇게 변한 것도 같다.

한때 나는 깊은 바다 밑바닥을 데굴데굴 굴러다니는 조개껍질 같은 존재였다면, 지금 나는 물결 위에 두둥실 떠올라 유영하는 나뭇잎 같다. 초록의 옅고 가는 엽맥들이 선에서 선을 연결하고 다시 만나며 아름다운 모양을 이루는 나뭇잎. 햇볕을 맞으며 바람에 흔들릴 때는 또 얼마나 아름다운지. 손바닥만 한 공간에 우주 같은 복잡한 선들과 아름다움을 품고 있는 나뭇잎. 내가 나뭇잎 같은 존재라면 좋겠다.

삶은 우리에게 미소 짓지 않습니다. 외로움과 우울은 마음에 가시처럼 돋아 있고, 좋은 날보단 나쁘고 아픈 날이 훨씬 더 많은 것만 같아요. 그러나 우리는 오늘도 웃었습니다. 사소하지만 다정한 것들이 곁에 있기 때문이죠. 맛있는 음식과 따뜻한 말, 좋아하는 사람 같은 것들. 그 덕분에 우리는 무표정한 삶을 향해 미소 짓고 있는지도 모르겠어요. 좋았다가 나빴다가 아팠다가 괜찮았다가, 그래도 웃을 수 있었던 다정한 날들의 기록. 삶은 우리에게 미소 짓지 않았습니다. 그러나 우리는 언제든 삶에게 미소 지을 수 있어요. 오늘도 다정하게.

책 작업을 하다가, 2017년 여름에 연재했던 브런치북 「다정한 날들」 소개 글을 발견했다. 「장밋빛 인생」을 그린 화가 라울 뒤피의 말 "삶은 나에게 미소 짓지 않았습니다. 그러나 나는 언제나 삶에게 미소지었습니다"를 인용해서 쓴 소개였다.

돌아보면 갓난아기들 돌보며 애쓰며 글 쓰던 날들. 내가 너무 작아서 잘 보이지 않던 시기였다. 그러나 이상하게도 미움이나 절망 같은 마음의 불순물이 하나도 없었다. 오히려 소소한 이야기를 쓰면서 작게 기뻐했다. 자주 웃었다. 마음이 너그러워졌다.

글쓰기는 사람을 변하게도 한다. 살다 보면 눈물과 위로가 절실한 시기가 있는가 하면 웃음과 포옹이 있어 다행인 시기도 있다. 때마다 글쓰기가 나를 위로하고 안아주었다. 인생도 사랑도 장밋빛은 아니었지만 나라는 사람을 장밋빛으로 바꾸었다.

세상 사람들 그저 살아내는 것만으로도 잘도 대견하다고, 히 웃어주는 나만의 다정을 품고서 써 보고픈 이야기가 많다. 오래도록 써야지. 나는 글 쓰는 나를 낙관한다. 미소 짓지 않는 삶에게 언제든 미소 짓는 사람일 테니까.

할머니로 태어난 건 아닐까

가까운 친구들은 나를 '할머니'라고 부른다. 생각 많고 잠은 없고 매사 진지하게 구는 데다 너무 잘 울고 잘 웃어서 지어준 별명이다. 나는 이 별명을 좋아하기도 하고 싫어하기도 하는데, 싫어하는 마음 한편에는 할머니 말고 어린이처럼 살고 싶은 바람이 둥실 떠다닌다. 그러니까 나는 좀 가볍게 살고 싶다. 귀여운 거, 재밌는 거, 좋아하는 것들에 심취해 만끽하거나, 나에게 주어진 시간 얼마쯤은 아무것도 하지 않으면서 마구 허비하고 싶다. 그러면서도 죄책감을 느끼지 않고, 단순하게 기쁘고 싶다.

자기 자신이 100퍼센트 마음에 드는 사람이 얼마나 있을까마는. 잘 웃는다, 야무지다, 철들었다는 칭찬을 내내 들으며 자란 사람. 그런 칭찬들이 언제부턴가 부담과 책임으로 느껴지는 사람에겐, 가끔 의도치 않게 달라붙은 거대한 생각과 고민들이 버겁다. 지나친 온도에 녹아 들러붙은 캐러멜 같달까. 눅눅하고 진득한데 다 떨어지지도 않는, 그런 마음들은 두둥실 자유로이 떠날 수 없도록 끈질기게 나를 붙들고 있다.

어쩌면 모든 시기가 나에겐 이르게 왔던 걸까. 태생적인 결핍과 가난, 성장통, 우울과 상실, 사회생활, 결혼, 부모됨. 그런 것들을 조금씩 일찍 겪어서 겨우 서른 중반인데도 누군가와 대화하면 나는 사는 게 뭔지 다 아는 할머니 같다. 다 아는 것 같고 다 이해하는 것 같아서, 너랑 얘기하면 왜 눈물부터 나는지 모르겠다고 한다. 그런데 정말 그럴까. 내가 정말로 누군가를 잘 알고 잘 이해하는 사람일까.

어떤 말을 들어도 의연한 사람, 싫은 것들을 확실하게 말하는 사람, 도무지 어떤 생각을 하는지 알 수 없는 사람, 도저히 침범할 수 없는 자기만의 세계를 가진 사람들이 부럽다. 자꾸만 알고 싶은 궁금한 사람이 되고 싶다. 그러나 나는 정반대의 사람. 어쩔 수 없이 다른 사람의 상처가 신경 쓰인다. 나는 늘 궁금해하는 사람이다.

사람은 두 번은 만나봐야 한다. 누구라도 첫인상과 겉모습이 다는 아니니까. 이 사람에겐 어떤 이야기가 있을까. 어떤 상처가 있을까. 되도록 그에게 상처가 될지도 모를 언행을 삼가려고 조심스럽게 노력한다. 누군가 자기 이야기를 꺼내려 한다면 온몸을 기울인다. 눈을 마주 보고 고갤 끄덕이고 꼬리를 무는 질문을 한다. 평소 나눌 수 없는 질문과 답이 오가고 상처의 기억들이 오가면 사람은 투명해진다. 크고 작은 생채기는 얼굴과 마음에다 그 사람을 그린다. 누군가는 마주하기 두려워할 그 그림이 나는 아름다워 보인다. 아파본 사람을 아름답다고 하면 무례일까.

작가로 살아가며 많은 이의 속마음을 들었다. 죽음이나 상실, 우울이나 슬픔에 관한 감당하기 힘든 사연들이 많았다. 한때는 그 일들이 다 내 일처럼 느껴졌다. 나를 통과한 삶들이 너무 버거워서 밤새 잠 못 들기도 했다. 요즘은 다행인 걸까. 깜박깜박 잊기도 한다. 잊고 나면, 그저 아름다웠던 사람의 인상만 어렴풋 남는다.

소설가 황정은은 팟캐스트 「책읽아웃」에서 차마 외면할 수 없는 고통스러운 이야기를 읽는 일에 대해, 우리는 고통 그 자체를 읽는 것이 아니라 고통을 견디고 극복하려 노력한 사람의 용기를 읽는 거라고 말했다. 나를 만나고 스쳐간 사람들을 생각한다. 나는 대단한 말을 해주진 않았다. 사람들은 나에게 이야기를 털어놓았고 나는 그저 잘 들어주었을 뿐. 아픈 사람에겐 경청이 대답이었던 거라고. 나보다 용감했던 사람들의 이야기를 읽고 듣고서야 나도 잘 살아보고 싶은 용기를 품었다.

"너는 차분했고 야무졌고 엄마를 힘들게 한 적 없었고, 그냥 혼자서 다 컸지. 그런데 고집은 정말 셌어. 말썽을 부리는 건 아닌데, 어쩌다 그 고집에 한 번 걸리면 혼자서 입을 꾹 다물고 방문 밖을 나오지 않았지. 엄마조차 네 고집에 이긴 적은 한 번도 없었어. 그래서 기댔어. 가끔은 네가 내 엄마 같았거든."

엄마의 말에 엉뚱한 상상을 해본다. 얼굴은 어린데 할머니로 태어나 늙은 눈으로 주위를 둘러보던 나를. 어쩌면 나는 할머니로 태어난 건 아닐까. 내가 되고 싶었던 할머니는 그랬다. 세상살이랄 거 새로울 것 없지만 사람 사는 얘기들 잘 들어주고, 특별하진 않아도 수더분한 일상을 꾸리며, 살아 있는 작은 것들을 소중히 여기는. 잘 살고 싶은데 자꾸 넘어지는 사람들에게 다정하게 웃어주는 할머니. '사람이 실수 좀 하면 어떤가. 나는 매일 깜박깜박한다네. 나는 젊어 보았으니 늙은 마음으로 사람들을 대해야지.' 방글 웃는 자그마하고 통통한 할머니.

할머니.

　사람들이 나를 부른다. 두둥실 떠나가지 않아도 발아래 둥그런 내 자리가 있다. 바깥은 쨍쨍한데 소쿠리만 한 그늘 아래 앉아서 잠잠히 세상을 둘러보는 나를 상상하며. '조금 일찍 늙었으니, 늙어서도 꾸준히 늙어 있던 거라 다행인 걸까.' 이상한 생각을 해본다. 쓰다 보니 나는 이 이상하고 다정한 할머니가 마음에 든다. 아이고망. 이 할머니도 다 털어노니 이제사 사는 게 좀 가붓하다.

너는 아름답단다

언니, 나는 아파요.

아프다고 고백하는 편지를 읽었다. 스물둘의 내가 울면서 써 내려간 글이었다. 읽는 동안 너무 마음이 아파서 나조차도 읽을 때마다 울었다. 오래전부터 나는 나에게 편지를 써왔다. 누구에게나 말하고 싶었지만 아무도 읽어주지 않을 편지를 홀로 써왔다. 읽어주면 좋겠다. 읽지 않았으면 좋겠다. 이상한 마음으로 꺼냈다가 넣어두기를 반복하다가, 끝내 나는 이 편지를 독자들에게 부치지 못했다. 일기장과 이메일, 유령 블로그, 발행 취소한 서랍 깊숙이 숨겨두었다.

내가 뭘 잘못한 걸까요. 대체 나는 어디에 있어야만 살 수 있는 걸까요. 나는 어떻게 살아야 하나. 왜 살아야 하나. 그렇게 짓밟을 거였다면 애초에 나는 왜 태어났을까. 오늘 나는 궁금했어요. 하지만 어떠한 답도 생각해내지 못했어요.

책을 내고 아기를 둘 낳았다. 작가도 엄마도 되었지만, 나는 오로지 나 혼자 통과해야만 하는 캄캄한 시간을 지나고 있었다. 내가 사랑할 수 있을까. 내가 엄마가 될 수 있을까. 아기들에게 어린 내가 겹쳐질 때마다, 상처받은 기억이 왈칵왈칵 울음처럼 터져 나왔다. 너는 아무 잘못도 하지 않았어. 아팠다. 이렇게 작고 무구한 아기를 짓밟는 부모도 존재한다는 사실이, 그런 일들이 벌어지는 세상에 살아가고 있다는 진실이, 정말이지 무시무시하게 아팠다. 그래도 마주해야 했다. 나답게 살아가기 위해서, 나답게 사랑하기 위해서. 온전히 혼자서 내 상처 마주하고 안아주어야 했다.

아기들을 재운 어느 밤, 나는 이 편지를 꺼내 읽었다. 스물둘의 나는 미래의 나를 '언니'라고 부르며 아프다고, 너무 아프다고 어쩔 줄 몰라 아기처럼 울고 있었다. 아프다고 표현할 유일한 언어가 울음이었다는 걸 그때는 몰라서,

우는 나를 참으라고 숨기라고 다그치기만 했다. 외면하고 가만히 두었다. 10년이 지나고서야 나는 나를 마주했다.

있지. 너는 사랑하는 사람을 만나 결혼해 두 아이의 엄마가 되어 있을 거야. 용기 내어 네 이야기를 고백하고, 그렇게 쓴 글을 모아 책을 낸 작가가 되어 있지. 믿을 수 없겠지만, 10년 뒤에 너는 사랑하는 사람과 사랑하는 아이들을 만날 거야. 너는 비로소 사랑을 믿고 사랑을 선택하기로 결심하지. 그동안 나는 네 편지에 답장할 자신이 없었어. 네가 태어난 이유를 분명히 대답해줄 수 없었거든. 그런데 아이를 낳아보니 확실히 알겠어. 우리가 태어난 이유를. 우리가 살아야 할 이유를. 하지만 네가 미래의 일들 하나도 알지 못한대도 상관없어. 결혼을 하고 아이를 낳고 책을 쓰는 작가가 되는 미래 따위 모른다고 하더라도. 나는 너에게 반드시 할 말이 있어.

서른둘의 나는 한밤에 답장을 썼다. 10년 전의 나처럼, 아기처럼 울면서 편지를 썼다. 그럼에도 끝내 용기가 부족해서 그간 책에는 실을 수 없었다. 지나치게 솔직하니까. 적나라하게 아프니까. 그러나 외면하진 않았다. 내내 글을 썼다. 줄곧 내 상처 마주 보며 기억하며 글을 썼다. 상처로부터 비롯된 이야기를 썼다. 여러 권의 책을 만들어볼 만큼, 내 상처에는 언어가 생겼다. 아픔과 슬픔, 미움과 불안에 울더라도 나만의 언어로 표현할 수 있다. 부끄럽지 않다. 두렵지 않다. 무섭지 않다.

아이를 키우고 글을 쓰면서 작가로 살아가는 나는, 이제 내 글의 쓸모를 안다. 스물둘에 썼던 편지에 서른둘의 내가 답장을 썼다. 그리고 서른일곱이 되어서야 나의 독자들에게 보낸다. 지나치게 솔직해서, 적나라하게 아파서 누군가는 외면하겠지만, 누군가는 읽을 것이다. 편지를 읽은 단 한 사람에게만이라도 위로가 된다면 충분하다.

이 편지에 꼭 맞는 수신인은 읽어줄 독자 하나. 당신뿐이므로. 당신이 읽어주길 바란다.

너에게

기억하니? 아무도 모르게 네가 하루하루 힘겹게 살아가던 작은 도시. 그 도시는 봄이 되면 도시 전체가 새하얗게 변했어. 낮은 산과 양지바른 골목, 거리마다 온통 새하얀 벚꽃이 흐드러지게 피었어. 하굣길, 그 길을 걷다 보면 너는 꿈을 꾸는 듯 아득해졌지. 바람이 불었고, 머리 위로 벚꽃이 눈송이처럼 쏟아져 내렸어. 한철에만 만날 수 있는 아름다운 작별이었지. 나른한 봄볕과 흩날리는 벚꽃과 몽롱한 졸음에 너는 제대로 눈을 뜰 수 없었어.

봄꽃은 벚꽃뿐이 아니었어. 네가 살던 아파트 화단에는 커다란 나무 한 그루가 있었어. 꿈결 같은 벚꽃 길에 취해 집 앞에 도착하면, 그곳에는 목련이 피어 있었어. 하얀 목련. 하지만 너는 얼굴을 찌푸렸어.

넌 꽃보다 바닥을 먼저 보았거든. 늘어질 듯 매달린 무거운 꽃잎들이 툭 툭 소리를 내며 떨어졌어. 바닥에는 검게 변한 꽃잎들이 짓물러 썩어가고 있었지. 죽는 모습을 이렇게나 적나라하게 보여주는 꽃이 또 있을까. 너에게 목련은 산 꽃이 아니라 죽은 꽃이었어. 어쩌면 너는 좀 유별난 애였을지도 몰라. 꽃이 피는 모습보다 지는 모습을 더 자세히 보았거든. 그래서일 거야. 너는 벚꽃은 좋아했지만, 목련은 싫어했어. 나도 그랬어. 어른이 되고서도 유일하게 싫어하던 꽃이 바로 목련이었으니까.

목련을 좋아하는 사람들은 많았어. 나무 한가득 송이송이 피어난 하얀 꽃이 아름답다고 했지. 사람들은 아름다운 것을 좋아해. 그렇게 아름답게 피어난 꽃은 좋아하지만, 떨어져 지저분하게 짓무른 꽃잎은 싫어해. 바닥에 떨어진 목련이 짓무르고 썩어 모두 사라질 때까지 사람들은 밑바닥을 바라보지 않아. 그 위에 핀 우아한 목련만 바라볼 뿐이야. 바닥이 깨끗해질 때까지는 꽤 오랜 시간이 걸리는데도. 꼿꼿이 고개를 들고 그 위를 바라볼 뿐이야.

사람들은 아프고 더럽고 슬픈 것들을 싫어해. 우리가 마주하는 아름다움의 이면에는 고개를 돌리고 외면해버리지. 그래서 사람들은 너의 이야기를 좋아하지 않았어. 짓무르고 아프고 또 너무나 적나라했거든. 사람들은 밝고 착한 너는 좋아했지만, 네 밑바닥을 바라보는 건 부담스러워했어. 정작 네 상처는 그곳에서 문드러져 썩어가고 있는데 아무도 몰랐어. 아니, 모른 체했을 거야.

네가 나에게 편지를 썼을 때, 너는 창문 없는 고시원에

웅크려 있던 스물두 살 여자애였어. 나는 너를 기억해. 그때 넌 연인에게 상처받고 울고 있었어. 자꾸만 악몽을 꾸고 어두운 과거 얘길 꺼내는 너에게 그는 짜증스러운 말투로 말했지. "이제 그만 잊을 때도 되지 않았어? 너 좀 이상한 거 같아."

그 말에 너는 입을 다물었어. 그리고 작은 방에 스스로 갇혔지. 너는 자책했어. 나는 왜 지난 일들 하나도 잊지 못하는 걸까. 나는 왜 이런 한마디에도 무너지고 마는 걸까. 그때 네가 할 수 있었던 유일한 일은 나에게 울면서 편지를 쓰는 것뿐이었어. 그때 네가 훌쩍 자라 지금의 나였다면 정말 좋았을 텐데. 그럼 나는 무심한 그에게 대꾸했을 거야. "나는 이상한 게 아니야. 잊지 못하는 건 그럴 만하니까 그러는 거야."

괜찮을 수 없고, 잊을 수 없고, 아플 수밖에 없었던 너의 상처. 그럴 수밖에 없는 상처의 지긋지긋함. 불행히도 너는 스물다섯에도, 스물일곱에도, 서른에도, 서른을 훌쩍 지나서도 여전히 가슴 맨 밑바닥에 커다란 상처를 안고 살고 있어. 잘 지내는 것 같다가도 어느 순간 그 상처는 너를 찔러대. '잊지 마, 나 아직 여기 있어' 하고. 어떻게든 떼어낼 수가 없더라.

스물둘의 너. 나에게 편지를 쓰고 얼마 후 연인과 헤어졌어. 먹먹한 마음으로 혼자 거리를 걸었지. 횡단보도를 건너고 골목을 지나고 오래된 연립주택의 담장 길을 걷고 있을 때, 죽어가는 나무 한 그루를 발견했어. 앙상한 가지가 담장 너머로 뻗어 나와 있었지. 하지만 가까이 다가갔을 때 알았어. 나무는 살아 있었어. 앙상한 가지에는 마른 이파리조차 하나 없는데, 가지 끝에 작은 봉오리가 달려 있었어. 잎도 없이 고치 같은 꽃봉오리만 매달린 나무. 무슨 나무일까. 너는 궁금했어.

며칠 뒤, 비가 내렸어. 너는 우산을 쓰고 다시 그 길을 걸었지. 그러다 멈춰 섰어. 토독 토독. 우산 속에 빗소리가 가득했어. 나무에는 하얀 꽃이 피어 있었어. 목련이었어. 너는 처음으로 목련이 아름답다고 생각했어.

아름답지 않은 것들. 어쩌면 너는 사람들과는 반대로, 아름답지 않은 것들만 바라보았던 걸지도 몰라. 그 이면의 아름다움은 고갤 돌린 채 외면했던 건지도. 뒤늦게야 알게 된 그곳에는 아름다움이 있었어.

알고 있었니? 목련은 늦가을 즈음에 꽃봉오리를 맺고, 가지 끝에 꽃봉오리를 매단 채 추운 겨울을 보내. 그렇게 한겨울 추위를 견디다가 봄이 오면 꽃잎을 열고 하얗게 피어나는 거야. 그뿐만이 아니지. 다른 꽃들이 볕 따뜻한 남쪽을 바라보고 피어날 동안, 목련은 찬바람이 불어오는 북쪽을 바라보고 피어나. 목련은 그래. 네가 싫어했던 목련은 충분히 아름다운 꽃이었어. 죽은 꽃이 아니라 산 꽃이었어. 끈질기게 살아가는 꽃.

나는 네가 목련 같다고 생각해. 불행히도 상처는 끈질겨 사계절 너에게 머물 거야. 아마도 평생. 죽을 때까지 네 안에 살아 있을 거야. 너는 상처를 껴안은 채 한 살 한 살 나이를 먹을 거야. 가지 끝에 매달려 옹송그린 채 혹독한 겨울을 보낼 거야.

하지만 봄이 와. 어떻게든 봄은 와. 너는 매년, 새봄을 맞이할 거야. 그때마다 너는 피어날 거야. 너를 춥고도 아프게 했던 불행의 방향으로, 찬바람이 불어오는 곳을 바라보며 너는 피어날 거야. 세상엔 그런 꽃도 있는 거야. 그렇게나 싫어했는데, 나는 이제 목련에 눈길이 머물 것 같아. 툭툭, 꽃잎이 떨어지는 모습을 보면서, 수북이 쌓인 거뭇한 꽃잎들을 보면서, 나는 너를 생각할 거야.

바닥에 떨어진 네 상처는 짓무르고 썩어 너의 밑바닥으로 사라질 거야. 유독 끔찍한 너의 뿌리로. 네가 말했던 과거의 공포와 분노, 거기에 아프고 더럽고 슬픈 기억들까지 더해진 상처들. 네 뿌리는 그것들을 쏙쏙 흡수하고선 꽃을 피울 준비를 할 거야. 그 시간이 참 오래도 걸리겠지만 너는 늘 그랬듯 견뎌낼 거야. 가만히 옹송그린 채, 위태롭게 매달려 겨울을 견뎌낼 거야.

너는 아무 잘못도 하지 않았어. 그냥 태어난 그대로 상처 입고 피어날 뿐이야. 그토록 아프게 짓밟혔지만, 온 힘을 다해 견뎌낸 너는 언제나 활짝 피어난단다. 잎보다도 먼저, 너를 괴롭힌 불행의 방향을 향해, 찬바람을 맞닥뜨린 채 꼿꼿하게. 금방 질 것을 알고도 흐드러지게 피는 하얀 목련처럼. 넌 앞으로도 그렇게 살아갈 거야.

나는 말이야. 그런 네가 아름다워.

너는 아름답단다.

걷다가 '줏어온' 반짝이는 예쁨들

　내가 자란 동네의 어른들은 '줍다'라는 표현을 자주 썼다. 정확히는 '줏다'라는 말로. 오다 줏었다. 인제 줏어다 잡솨요. 이래 줏어가지고. 어데서 줏어완. 이런 말들은 너무 정중하고 비장하거나 무겁지 않으면서도, 촌스럽고 하찮은 듯해도 또 소중하게 여겨주는 다정함 같은 게 느껴지기에 마음이 풀어진다.

　그래서인가 다 자란 나는 '줏어온 장면'이라 부르기에 어울리는 것들에 마음이 간다. 걷다가 줏어온 장면들. 사진으로 찍기도 하지만, 캐리커처처럼 메모로 그려두기도 한다. 그런 장면들은 오래 머무르는 법이 없기에 냉큼 줏어온다. 이상하게 줏어 모아 쓸데없는 잡동사니 같지만, 어쨌거나 살아가다 발견하는 반짝이는 예쁨들.

케이블카 탄 사람들

장호항에서 케이블카를 탔다. 비수기 케이블카엔 우리 가족과 노인들뿐이었고, 투명하게 뚫린 바닥이 무서워 아이들은 굳어버렸다. 그 모습을 살피던 한 할머니가 바다를 가리키며 말했다.

"오메야. 저 봐라. 오징어 막 튀오른다."

할머니 손길을 따라 다들 바닥을 보았다.

"왐마, 이마이 큰 고래도 완네. 퐁퐁 뛰간다. 저 봐라."

아이들은 이제 신기하게 바다를 내려다보고, 할머니 말에 바다 마을 친구들이 다 모인다.

"이야, 보이나? 고래 등에 거북이 꽉 잡아 올라탔데이. 오마야, 저거는 오징어가 아니라 문어다. 문어이 귀한대야. 뭐시 보고 시파 다 바끄로 나완나."

할머니 말에 푸른 바다 흰 포말이 반짝 일어날 때면, 진짜 왔나? 힐끔 내려다보는 것이다. 아이들이나 어른들이나.

밥 살게

늦은 밤 골목길 모퉁이, 아직 간판도 없는 작은 공방에서 여자 둘이 뛰어 나왔다. 머리를 질끈 묶은 키 작은 여자가 정말로 깡충깡충 뛰면서 소리를 질렀다. "내가 밥 살게! 드디어 밥 살게! 너무 좋아!" 그렇게 다 큰 여자들이 팔짱을 뛰고 깡충깡충 뛰어가는데 어찌나 즐거운지. 나도 그만 기분이 좋아졌다.

손으로 만든 말들

지하철에서 수어로 대화하는 두 할머니를 보았다. 서로 마주 보고 앉아서 바쁘게 손을 움직였다. 짝, 짝. 손바닥 부딪치는 소리가 들렸다. 무슨 이야길 하는 걸까. 알 수 없는 언어지만, 연신 고갤 끄덕이며 두 사람의 눈이 웃고 있기에 아마도 즐거운 대화라 짐작했다. 덜컹이는 전철 안에 손으로 만든 말들이 움직인다. 이윽고 마장역. 두 사람은 자리에서 일어나 서로의 등을 쓸어내리고 어깨를 두드리다가 팔을 붙잡고 웃으며 내렸다. 손은 생각보다 많은 말을 했다.

아빠 탓

어스름한 저녁. 여자가 자전거를 끌고 지나갔다. 뒷자리엔 작은 여자애 하나가 탔다. 자전거 바퀴가 굴러가는데 끽끽, 하고 조그만 소리가 났다. 뒷바퀴가 터져 있었다. 끽

끽. "아빠가 자전거에 바람 넣는 거 깜빡했나 봐. 에이씨."
엄마는 씩씩 숨이 차는데, 여자애는 엄마 속도 모르고 발
달랑거리며 아이스크림을 먹는다.

모과나무를 기억하는 방법

아홉 살쯤 되었을까. 아이는 할아버지를 따라 걷고 있었
다. 뒷짐 지고 자박자박 걷던 할아버지가 멈춰 선 건, 떼구
루루 길가로 굴러 나온 푸른 열매 때문이었다. 열매를 들
고 아이에게 뭐라 말해준다. 길가에 나무들을 손가락으로
가리키고, 열매 두어 개 주워다가 보여주기도 하고. 할아
버지에게 건네받은 열매를 발로 툭툭 차면서 나무를 올려
다보기도 하면서, 아이는 할아버지를 따라 걷는다. 두 사
람의 뒷모습에서 상상해보는 것이다.

"설익어서 모르지만 이게 모과나무란다. 가을 되면 노
랗게 물들어서 좋은 냄새가 나. 냄새로 먼저 알아채지. 여
기 모과나무가 모여 있었네. 열매가 물들면 멈춰 서게 될
거란다, 반드시."

왜 그런지 모르지만 살다 보면 종종 떠오르는 시시콜콜
한 기억이 있다. 모른다고 생각하지만 알고 있는 모과 같
은 기억이랄까. 훗날 너는 떠올리게 될 거야. 모과나무 아

래를 지나칠 때면 어김없이.

이름을 기억하는 방법

"가만있어봐……. 가만있어봐. 가만있어봐."

여러 번 중얼거리고도 도무지 생각나지 않았다. 제 이름
이. 병원에서 자기 이름을 잊어버린 할머니를 만났다. 접
수대에 서서 이름을 기억해내려고 숨을 몰아쉬었고, 그간
뚝뚝하기 짝이 없었던 나이 든 간호사는 할머니 앞에서 차
렷 자세를 하고 장난을 쳤다.

"알았어. 가만있어볼게. 얍! 천천히 하셔."

얼마쯤 지나 다행히 할머니는 이름을 기억해냈고, 간호
사는 당부했다.

"어머니, 컨디션 안 좋으면 무리하지 마. 꼭 전화하고 오
셔. 내가 기억해둘 테니까."

셋 이상의 손바닥

"언제 나온대요?"

"1월 초쯤이요. 12월 자알 버티고 만났으면 좋겠는데."

"나는 애기 가졌을 때 태동이 제일 좋았어."

"나도. 가끔 꿈에서 태동을 느껴요. 손바닥으로 밀듯이

움직이잖아. 우리만 연결된 것 같은, 그거 정말 꿈같은 기분이야."

동산처럼 부른 배를 세 사람이 손바닥으로 감싸 안듯 만져주자, 아기가 움직였다. 마치 하이 파이브 하듯이.

"그래그래, 착하지. 잘 있다가 나올 거래."

손바닥 셋이 아기 손바닥과 하이 파이브 하던 어느 오후. 가만히 쓰다듬어주었다. 너를 축복해.

잊히지 않는 계절

시월의 끝자락, 낙엽이 이불처럼 두툼하게 깔린 공원에서 사람들은 외따로 자리를 잡고 하늘을 올려다보았다. 바람이 불 때마다 우수수 낙엽 비가 내렸고 사람들은 환호했다. 담요를 깔고 나란히 누운 노부부. 할머니는 노래를 흥얼거렸다.

"언제나 돌아오는 계절은 나에게 꿈을 주지만 이룰 수 없는 꿈은 슬퍼요. 나를 울려요."

할머니의 노랫소리를 배경으로 제 얼굴만 한 플라타너스 이파리를 모아 줍는 아이들이 뛰어다닌다. 누군가 자전거 타고 지나가고, 또 누군가는 늙은 개를 안고 걸어가고, 이따금 바람이 불고, 나뭇잎은 떨어지고, 사람들은 웃는다. 제목이 뭐였더라. 「잊혀진 계절」. 아름다운 계절이면 바깥에 누워서 노래 하나쯤 근사하게 부르는 할머니가 되고 싶었다. 바람이 불수록 앙상해지는 높은 나무를 올려다봤다. 이 계절만큼은 잊을 수 없겠구나.

어딜 그렇게 가고 싶으셨어

손잡고 사이좋게 걸어오는 백발의 부부. 가까워질수록 이상했다. 남편은 맨발이었다. 러닝셔츠에 트렁크 팬티만 입은 채로. 모두 흘깃 보며 지나가는데 아내는 미소 짓고 있었다.

"어딜 그렇게 가고 싶으셨어?"

남편의 손을 꼬옥 붙잡고 발걸음을 맞춰 걷는 아내. 허공을 응시하는 남편은 아무 대답이 없다. 늙은 아내의 다정함과 늙은 남편의 고요함. 산책하듯 천천히 걷는 부부 곁을 조용히 지나쳤다. 그들에게서 햇볕에 바짝 말린 빨래 냄새가 났다. 흰 러닝셔츠 같기도 한, 흰 머리칼 같기도 한, 바짝 마른 흰 냄새. 가슴 언저리에 무언가 퍼져나갔다. 가을볕이 희게 따스했다.

겨울밤, 시

겨울밤. 자정 넘어 집으로 걸어가는 길. 신호등을 기다리다가 낡은 자판기 옆에서 인형 뽑기 하는 택시 기사를 만났다. 한 손에는 자판기 커피를 들고 다른 한 손으로는 인형 뽑기에 열중하고 있었다. 세워둔 택시가 깜박깜박 쉬는 동안 셔츠 차림 택시 기사는 허탕만 쳤다. 날씨가 추울 텐데, 커피가 식을 텐데……. 그래도 즐거운지 표정이 밝다. 밤새 까만 밤을 달릴 노란 택시. 무사 운전하기를 바랐다.

골목에선 전동 휠체어 탄 할머니를 만났다. 발밑에 폐지가 쌓여 있었다. 낡은 기계음을 내며 지나가는 전동 휠체어. 꽁무니에 인형 하나가 달랑거린다. 아무래도 어울리지 않는 분홍색 토끼 인형. 누군가에게 선물 받은 것이리라 짐작했다.

좀 전에 인형을 뽑던 택시 기사가 떠올랐다. 인형을 뽑으면 어디에 두려 했을까. 운전대나 현관 앞, 아니면 딸애에게 선물했을지도 모르겠다. 할머니에게도 인형을 선물해줄 가족이 있을 것이다. 매일 타고 다니는 전동 휠체어에 달아둘 만큼 소중하게 아끼는 누군가.

아파트 입구에 들어섰다. 쓰레기통 구석에 고양이 한 마리가 자고 있다. 가까이 보니 몸을 동그랗게 말고 새끼를 품고 있다. 고양이들 깰 새라 가만가만 걸었다. 오늘 밤도 무사히 잘 자거라.

코끝 찡하도록 추운 밤길에 누군가의 아버지와 어머니, 어미 고양이를 만났다. 부모들의 밤을 보았다. 설명할 수 없는 이상한 밤이었다. 마치 한 편의 시 같은, 그런 밤.

걷지 못하고 멈춰 서는 날들

누군가 내가 하는 일이 무어냐고 물으면 글을 써요,라고 말한다. 그런 말을 하면서도 그건 구체적으로 먹고사는 일처럼 느껴지지 않아 얼굴이 붉어진다. 대체로 완성이 먼 글을 쓴다. 써야 할 글은 넘쳐서 막막한데 하루에 글다운 글 한 편을 완성하지 못해 초조해진다. 내가 쓴 글은 언제나 마음에 들지 않고 쓸 때마다 나의 밑바닥을 마주하느라 자주 의기소침해진다.

어떤 때 나는 뻘을 걷는 절망한 사람 같고 어떤 때 나는 잠들지 않고 뛰어다니는 어린아이 같다. 또 어떤 때 나는 괴팍하게 늙어버린 노파 같다. 여럿의 내가 쓰는 글은 다 달라서 어떤 것이 나다운 글일까 고민하다가 저기, 내 글은 어떤 거 같아요? 더듬거리며 물으면 당신 글은 예뻐요,라는 대답에 가슴이 내려앉고 만다. 예뻐 보이고 싶어서 한껏 꾸몄군요, 나무라는 것 같다.

잘 쓰지 못한다면 꾸준히라도 쓰고 싶어서 매일 글 쓸 시간을 구한다. 새벽에 일어나 무언갈 쓰고 약속을 취소하고 무언갈 쓴다. 밥을 거르고 무언갈 쓰고 아이들을 맡기고 무언갈 쓴다. 2시간, 3시간, 자꾸만 툭툭 끊어지는 시간마다 결국 그 무언가는 완성되지 못하고 가슴께에 묵직하게 얹혀서 몸과 마음을 차게 만든다.

시계를 확인하고 돌아보면 엉망인 방이 보이고 쌓인 설거지가 보이고 어둑해지는 집이 덩그러니 있다. 여전히 어렵다 느끼는 건 생활을 지키며 글을 쓰는 일. 어딘가로 떠나지 않고, 시간에 쫓기지 않고, 사사로운 감정에 휘둘리지 않고, 가족과 살림과 건강과 일상을 지키며 글을 쓰는 일. 그렇게까지 글을 쓰는 이유가 무어냐고 물으면 아무 말도 할 수 없다.

자신이 없다. 날마다 내 글을 버린다. 질투가 날 만큼 글 잘 쓰는 작가들이 너무 많아서 나는 작아진다. 온몸과 마음, 시간을 오로지 자신에게 쏟을 수 있는 활기찬 이들이 못 견디게 부럽다. 나는 최선을 다하지 못하는 작가, 언제고 무언가에 쫓기는 작가, 파사삭 순식간에 나이 들어버린 작가 같다. 더 젊었을 때, 더 빨리, 더 열심히 내 글을 써

볼걸. 모든 가정에 '더'라는 부사를 더 더 보탠다. 마음속에 질투와 후회와 욕심과 자책이 어지럽게 회오리친다.

그럴 때마다 나이 든 작가들의 삶과 글을 찾아 읽는다. 박완서, 오정희, 아스트리드 린드그렌, 토니 모리슨……. 아이를 키우고 생활을 지키며 글 쓰던 작가들은 더딘 걸음을 어떻게 걸어갔을까. 그들의 글을 읽으며 글 쓰는 엄마로, 여자로, 나이 드는 일을 생각한다. 물론 나는 그들처럼 대단한 필력을 가지진 않았지만 쓰는 삶을 살아가는 마음이나 태도 같은 것들은 배울 수 있지 않을까. 작가들이 말한다. 지금은 서두르는 대신에 정성을 다해야 할 때, 너무 일찍 작가인 척하지 말고 충분히 자라라고, 천천히 영글어 자연스럽게 나이 들어가라고. 누구에게도 보여주지 못할 부끄러운 내 글을 날마다 버리며 바란다. 자라라. 충분히 자라라.

어느 저녁에는 아이들을 돌봄 기관에 맡기고 3시간을 벌었다. 글을 쓸 수 있었다. 모두가 집으로 돌아가는 저녁, 제 몸만 한 유치원 가방을 여전히 메고 있는 아이들 손을 잡고 기관으로 향했다. 엄마. 엄마는 왜 이렇게 빨리 걸어? 아이들 꽈악 붙잡은 양손에 땀이 찬다. 엄마 다녀올게. 인사하고도 아이들은 돌아서지 않는다. 가기 싫다는 투정 말고 가만히 입을 다문 채 서운함을 참고 있는 얼굴을 보다가 끝내 마음에 조그만 구멍이 뚫린다. 엄마는 뭐 하는 사람이지? 엄마는 글 쓰는 사람이야. 고마워. 엄마 글 쓰고 올게. 헤어지고 근처 카페로 종종 걸어가는데. 잠시만. 기어코 그 조그만 구멍 사이로 서늘한 바람이 샌다. 잠시만, 아주 잠시만. 걷지 못하고 멈춰 서는 날들.

　누군가 묻는다. 당신은 무슨 일을 하는데요. 글을 써요. 왜 그렇게까지요. 아무 말도 할 수 없다. 마음으로 조그맣게 중얼거릴 뿐. 그렇게라도 쓰고 싶어서요.

　장판에 손톱으로

　꾹 눌러놓은 자국 같은 게

　마음이라면

　거기 들어가 눕고 싶었다

　요를 덮고

　한 사흘만

　조용히 앓다가

밥물이 알맞나

손등으로 물금을 재러

일어나서 부엌으로

−「이마」(신미나, 『싱고,라고 불렀다』, 창비 2014)

단 하나의 눈송이를 만났다

　겨울에는 눈 내리는 날을 기록한다. 실제로 내가 보았던 눈들만. 지난겨울에는 열한 번 눈이 내렸고, 올겨울에는 다섯 번 눈이 내렸다. 열한 번 눈이 내린 겨울은 아름다웠다. 다가오고 지나가는 봄, 여름, 가을에도 나는 때마다 찍어둔 눈의 풍경을 꺼내보며 계절을 산다. 눈의 얼굴은 아름다웠지 그리워하며. 눈을 생각하면 그저 기쁘다. 염려와 불안과 불면이 잠시나마 새하얗게 사라진다. 닿음과 사라짐. 우리가 만나보았다는 생각이 든다.

　혹시 '눈꽃 사람' 이야기를 아는지. 옛날에 죽을 때까지 눈송이 사진을 찍은 사람이 살았다. 윌슨 벤틀리라는 미국에 사는 농부였다. 그는 평생 5,000여 개의 눈송이 사진을 찍었다. 그를 알게 된 건 순전히 눈을 좋아해서였다. 눈에 관해 찾아보다가 눈송이는 모두 다르게 생겼고, 평생 현미경과 카메라로 눈송이를 찍어온 농부가 그 사실을 증명했다는 걸 알게 되었다. 사람들은 그를 'The Snowflake Man(눈꽃 사람)'이라고 불렀다. 눈송이, 농부, 현미경, 카메라, 눈꽃 사람이라는 터무니없는 연결들이 궁금해서, 그의 생애를 찾아보았다. 과학 기사들과 백과사전을 뒤져가며 정리해본 윌슨 벤틀리의 생애.

미국의 농부이자 아마추어 눈 사진가인 윌슨 벤틀리는 평생 눈송이 사진을 찍었다. 열다섯 살 때 생일 선물로 받은 현미경으로 눈 결정을 처음 관찰했고 그 아름다움과 복합성, 대칭성에 반해 눈 결정을 촬영하기로 결심했다.

그로부터 4년 뒤, 현미경에 카메라를 단 장치를 만들어 검정색 판자에 떨어지는 눈송이들을 모아 1885년 최초의 눈 결정 사진을 찍었다. 이후로 46년 동안 그는 5,000여 점이 넘는 눈송이를 찍었다. 9권의 공책에 일일이 관찰 기록을 남겼고 5,000여 개의 눈송이가 모두 다르게 생겼다는 사실을 밝혀냈다. 눈이 만들어내는 결정의 모양은 마치 사람의 지문처럼 다 다르다는 것이다.

윌슨 벤틀리는 'The Snowflake Man(눈꽃 사람)'이라고 불렸다. 1931년 11월에는 그의 눈 사진들이 『Snow Crystals(눈 결

정』이라는 책으로 출간되었고, 몇 주 후 그는 폐렴에 걸려
예순여섯 살 나이로 세상을 떠났다.

마음에 함박눈 맞은 것처럼 뭉클해졌다. 지금껏 살아오
며 내가 맞았던 눈송이들이 다 다른 모양이었다니. 어떤
농부는 46년 동안 5,000여 개의 눈송이 사진을 찍고 기록
해서 그걸 증명했다. 평생 눈송이 사진을 찍다가 한 권의
책을 내고 몇 주 후 세상을 떠난 삶. 마치 단 하나의 눈송이
같았다.

눈 사진을 찍는 벤틀리를 상상해보았다. 펑펑 눈 내리
는 겨울, 현미경에 수동 카메라를 단 커다랗고 이상한 기
계를 들고 밖으로 나가는 늙은 농부. 가장 추운 곳에 자리
잡고서, 검은색 판자 위에 눈송이를 조심스럽게 모으고,
눈송이 하나가 녹아버리기 전에 복잡한 기계를 조작해보
는 손길. 눈송이가 녹을까 봐 입김조차 새어 나가지 않도
록 조심스럽게 참아보는 숨. 찰칵. 보이지 않았던 눈송이
가 복잡하고 대칭적인 결정으로 선명히 찍히면 조용히 기
뻐하는 마음. 그리하여 5,000여 개의 눈꽃을 찍은 눈꽃 사
람. 평범한 농부가 평생 해왔던, 쓸모없지만 아름다운 일
이었다.

어쩌면 내가 글을 쓰는 일도 벤틀리가 눈송이 사진을 찍는 일과 비슷하지 않을까. 눈에 보이지 않을 정도로 작은 것에 마음을 주고 기록하고 기뻐하는 일. 끝끝내 예술가가 아닌 아마추어라고 불린대도 상관없다. 100여 년 뒤에 누군가는 그가 찍은 눈송이 사진을 경이롭고 아름답게 바라볼 테니. 눈을 몹시도 사랑하는 어떤 작가는 그의 생애와 그가 찍은 눈송이로부터 긴 글을 써 내려갈 테니. 눈꽃 사람 이야기. 좋아하는 사람들에게 두고두고 들려주고 싶다.

사이토 마리코의 시 「눈보라」에는 '다른 모든 눈송이와 아주 비슷하게 생긴 단 하나의 눈송이'(『단 하나의 눈송이』, 봄날의책 2018)라는 아름다운 눈송이가 떨어진다. 운명처럼 눈에 띈 눈송이 하나를, 놓치지 않도록, 딴 눈송이들과 헷갈리지 않도록 온 신경을 다 집중시키고 따라가는 일. 나도 눈 내리면 해보았던 놀이였다. 그런 눈송이 하나를 손바닥에 잡으면 녹아 사라져버려도 마음이 이상했다. 내 손바닥으로 녹아 스며든 것일 테니까. 내 손바닥에 스며든 눈송이는 어떤 모양이었을까. 단 하나의 눈송이를 '만났다'고 말할 수 있을까.

눈꽃 사람 이야기를 알게 된 후로 내리는 눈에 이름을

붙인다. 도연눈, 기원눈, 달님눈, 유진눈, 희연눈, 연준눈, 마리코눈, 올리버눈, 쉼보르스카눈…… 같이 눈을 맞았던 사람, 연락했던 사람, 읽고 있던 책의 작가들 이름을 붙여 본다. 다른 모든 눈송이와 아주 비슷하게 생긴 단 하나의 눈송이 같은 사람들. 그런 식으로 눈송이를 잡아보고 싶다. 그런 식으로 사람을 만나보고 싶다. 쓸모없지만 아름다운 나만의 방식으로.

기적이 찾아왔다

284쪽에 나온 여자애가 아무래도 저 같아요.

첫 책 『우리는 달빛에도 걸을 수 있다』(2016)에 썼던 글의 주인공이 독자가 되어 메시지를 보냈다. 소현이었다. 작가의 말 대신 쓴 마지막 글 「우리는 이렇게 살아가고 있었다」에서 나는 행인들 모습을 캐리커처 그리듯 글로 남겨두었고, 소현은 글 속에서 아주머니에게 전철 자리를 양보했던 학생이었다.

책을 읽다가 깜짝 놀랐다고. 자신이 분명한 것 같다고. 얘기를 나눠보니 시기와 상황, 당산행 전철까지 모두 들어맞았다.

작가가 전철에서 만난 누군가의 이야기를 쓰고, 그 글이 작가의 첫 책에 실리고, 그 글을 주인공이 읽게 될 확률은 얼마일까. 게다가 책의 마지막 글, 끝까지 읽은 사람만 알 수 있었다. 책을 읽고 자신을 알아보고 작가를 찾아 메시지를 보낼 확률. 그것까지 더한다면. 기적이었다. 우리는 조용한 기쁨을 나누었다. 소현은 내 책을 두고두고 읽겠다고 했고, 나는 '소현'이라는 이름을 마음속에 간직하겠다고 했다. 소현에겐 단 하나의 책이, 나에게는 단 하나의 이름이 생겼다. 우리는 유일한 무언가를 주고받았다.

민주에게 책 선물을 받았다. 첫 책을 내기도 전부터 꾸준히 내 글을 읽어주던 오랜 독자였다. 편집자를 꿈꾸던 대학생 민주는 국문과 졸업 문집을 보내주었다. 손 편지와 함께.

작가님, 처음으로 편집에 참여한 책이 나왔어요. 제가 맡게 된 부분에서는 작가님의 글처럼 공감과 위로를 담고 싶었어요. 다시 한번 따스한 글이 담긴 책을 만드는 사람이 되겠단 다짐을 했어요. 언젠가 편집자로서 작가님을 만나기를 기대합니다.

민주의 편지를 여러 번 읽으며 뭉클해지는 건, 이 또한 책과 문장으로 이어진 작은 기적이기에. 내 글이 좋은 글이라고 믿어주는 민주는 이후 정말로 편집자가 되었다. 우리가 작가와 편집자로 만날지 모르는 또 한 번의 기적이, 가까운 미래에 기다리고 있을지도 모르겠다.

소영은 몇 해 전 교보문고 글쓰기 특강에서 만났다. 코알라처럼 자그마한 소영은 곰 같은 남자친구를 강제로 데려와 사인을 받았다. 그때부터 소영은 글쓰기 수업이나 북토크에 찾아왔고, 만날 때마다 손 편지를 전해주었다. 손으로 쓴 마음이 고마워서 소영의 편지들을 잘 간직해두었다. 밝아 보이는 소영에게도 캄캄한 아픔이 있었고, 우리가 함께 나눈 책과 글쓰기는 그 시기를 잘 걸어갈 수 있는 힘이 되었다. 꾸준히 나와 함께 글 써온 소영은, 내가 신뢰하는 학우이기도 했다. 반드시 책을 쓰는 일이 아니더라도, 오래 읽고 쓰는 일은 글과 삶을 나아지게 만든다는 걸 보여준 사람. 소영에게서 성실한 기적을 배웠다. 소영은 이제 곰 같은 남편과 팔짱 끼고 와 손 편지를 건넨다.

책 읽고 글쓰기 시작하면서 삶의 어두운 시기로부터 조금씩 나아가고 있어요. 저는 예전보다 따뜻한 사람이 되었어요. 작가님이 좋은 사람이 되려 하지 말고 좋은 사람을 찾아 닮아가라고 하셨던 말씀이 생각나요. 저에겐 작가님이 좋은 사람이에요. 책 읽고 글 쓰며 부지런히 따라갈게요.

자주 가는 '작업책방 쏨'에서 유비를 만났다. 금발에 미니스커트를 입은 열일곱 살 독자 유비, 실용음악을 공부하는 학생이었다. "작가님 여기 자주 오신다길래 밤새우고 와봤어요. 너무 떨려요." 나야말로 떨렸다. 스무 살이나 어린 학생이 내 책을 읽어준다니, 그게 너무 신기해서 떨렸다. 우연히 표지에 적힌 문장 하나에 이끌려 산 책을 지하철에서 완독한 후로 유비는 언제나 『우리는 달빛에도 걸을 수 있다』를 가방에 넣어 다닌다고 했다. 가방 속에 하도 달그락거려서 표지가 해진 책을 보여주며 웃었다.

책 속에서 「밤의 피크닉」을 가장 좋아한다던 유비. 그 글을 좋아하는 사람들의 이유를 알고 있다. 우리 삶에 비밀스런 공통점이 있다는 것도. 유비의 명랑함 뒤에 긴 어둠이 있었다는 것도. 그럼에도 불구하고, 유비는 달빛에도 자기만의 길을 걸어가는 사람, 틀림없이 빛날 사람이었다. 저도 사인 받을래요. 나는 미래의 스타에게 사인을 청했다. 이름만 써도 되나요? 그럼요, 저도 이름이 사인인걸요. 받아온 유비의 사인에 나의 바람도 적어두었다. "너는 자라 네가 되겠지"라고. 미래의 어느 날 우리 기쁘게 다시 만났으면 좋겠다. 유비가 이끌려 책을 사게 된 문장. '모든 이야기가 절망에서 끝나버리지 않도록, 잠시나마 손바닥에 머무는 조금의 온기 같은 이야기를.' 돌아오는 내내 맞아, 나는 이런 이야기를 쓰려 했지. 다시 다짐했다. 나를 붙잡아주는 기적이었다.

내 책을 50번도 넘게 읽어서 좋아하는 문장 페이지를 모두 외운 다원은 글 속에 등장한 폴란드 머그잔을 선물해줬다. "작가님, 여기에 따뜻한 차 드시면서 글 쓰세요"라며. 주머니에 쏙 들어가는 독립출판물 '주머니시'를 만드는 은지는 "작가님, 할머니가 물질하시던 제주 바다를 담아왔어요" 하며 직접 찍은 바다 사진을 문진으로 만들어 건네주었다. 피아노 치며 글 쓰는 정원은 "작가님 글은 꼭 이런 노래 같아요"라며 내 글의 감상을 피아노곡으로 작곡해 연주해주었다.

그리고 남옥, 보람, 보리, 나경, 현숙, 지현, 윤슬, 상희, 지혜, 유란, 다민, 다혜, 은별, 승연, 연아, 나리, 이슬, 다은, 유리, 옥미, 동근, 동규, 성원, 석영, 승현, 혜영, 예진, 경진, 영준, 재원, 정인, 윤화, 은희, 주연, 은서, 은혜, 호준……. 여기 다 쓸 수 없지만 만나본 독자들의 이름을 기억한다.

홀로 글 쓸 때는 상상하지 못했다. 전철에, 책상에, 카페에, 가방에, 머리맡에, 바닷가에, 피아노에 내가 쓴 책이 놓여 있을 줄은. 어느 교실 칠판에도, 천문대에도, 숲속에도,

운동장에도, 모래밭에도, 첫눈 내린 바닥에도 내가 쓴 책이 있다고. 잘 읽고 있다고 독자들이 전한다.

"잘 읽고 있어요." 그 한마디가 뭉클한 건, 작가에겐 작가가 쓴 글을 읽어주는 것 자체가 기적이기 때문이다. 내가 쓴 글을 읽고 있다니. 잘 읽고 있다니. 여전히 믿어지지 않는 신기하고 아름다운 일이다.

마음을 쓸수록 닮은 마음들이 나에게 온다. 어울리는 독자를 잘 찾아간 마음이 다시 나를 찾아 돌아온다. 작고 조용하게, 그리고 성실하게. 나에게 돌아와 마음을 다해 쓰라고 다시 붙잡아준다. 책뿐 아니라 마음에도 귀소본능이 있다. 결국, 글을 쓴다는 건 마음을 쓰는 일이라고. 나는 계속 쓰면서 실감한다.

돌아온 마음들에게 한 번쯤 전해주고 싶었다. 내가 만드는 책의 페이지에, 모든 이름을 불러주고픈 고마운 마음을 담아 답장하고 싶었다. "계속 읽어주기에 계속 쓸 수 있어요. 언제 어디서든 잘 지내요. 우리 기쁘게 다시 만나요."

이 페이지에 밑줄 긋고 귀퉁이를 접어둘 어떤 마음들을 생각하며,

오늘 밤에도 글을 쓴다. 마음을 쓴다.

삶에 별빛을 섞으십시오

때때로 가족들과 큰 짐을 이고 지고 떠났다가 하루 살고 돌아온다. 여름 캠핑을 다녀왔다. 폭염경보가 내린 뙤약볕 아래 나무 그늘에 의지해 뜨거운 이틀을 보내고 왔다. 손꼽을 정도로 힘든 캠핑이었다. 머리가 핑 돌 정도로 피곤했는데도 돌아오는 길에 기분이 좋았다. 돌아와 짐을 풀고 쓰러지듯 잠들어 푹 잤다. 아침에 일어나 온몸의 근육통과 그을린 팔다리를 확인하고도 여전히 기분이 좋았다. 뭐랄까. 진짜로 내가 살아 있다는 기분이 들었다. 어딘가로 떠났다가 하루 살고 돌아올 뿐인데, 나는 평일과는 또 다른 선명한 삶을 살다 온 것 같았다.

차를 타고 어딘가로, 일기도, 일정도, 환경도, 아무것도 예측할 수 없는 자연으로 붕붕 떠내려가 본다. 덩그러니 땅 한 칸. 낯설고 불편한 상황에서 온종일 온몸 움직여 노동하다가 돌아온다. 우리가 살 자리, 잘 자리를 만든다. 거기서 음식을 만들고 먹고 치우고 가족들이랑 껴안고 뒹굴고 놀고 불 피우고 불멍하면서 시간을 보낸다.

캠핑장의 밤은 일찍 소등된다. 모두 잠든 시간에 나는 밖으로 나와 하늘을 올려다본다. 밤하늘에는 별이 반짝인다. 가만히 바라볼수록 서서히 많이 빛난다. 잘 보이지 않을 정도로 작고 몇 차례나 변하는 삶. 그리고 빛나는 삶.

흔들거리는 해먹에 누워 물끄러미 별을 바라보다가 너무 아름다워서 아득해졌다. 낯선 행성에 툭 떨어져 있는 기분이 들었다. 별빛들. 지금 보이는 별은 몇 억 광년 전에 존재했던 과거의 별빛이라는 사실, 이미 저 별은 죽어버렸을지 모르지만 미래에 나는 살아 있다는 사실이 터무니없이 경이로웠다.

"삶에 별빛을 섞으십시오."

『진리의 발견』에서 만나보았던 천문학자 마리아 미첼의 목소리가 들렸다. 삶에 별빛을 섞으면 하찮은 일에도 마음이 괴롭지 않을 거라던. 읽을 때에는 삶에 약간의 빛을 두라는 말이라고 생각했지만, 이렇게 홀로 밤하늘 별을 올려다보니 또 다르게 들린다. 말도, 눈길도, 참견도, 제약도 없는 까만 밤에 홀로 커다란 망원경을 들여다보던 19세기 천문학자 미첼을 상상한다. 100여 년 전 그는 나와 같은 기분을 느꼈을까.

나는 작다. 우주와 별과 삶과 죽음에 비하면 나는 너무너무 작으니까, 이미 하찮은 존재니까. 그러니까 하찮은 것들에 연연할 필요가 없다. 나의 작은 삶을 실감하며 겸허하고 경이롭게, 그리고 아름답게 살아보라는 말 같았다. 그러니까 살아보라. 어디에서 어떻게든 살아보라. 나도 살아볼 테니, 우리 같이 살자고. 텐트 안에 곤히 자는 가족들의 평안을 빌었다.

삶에 별빛을 섞자. 나만이 알아볼 수 있는 별빛을 섞자. 노동과 감각으로 나 자신이 선명하게 살아 있음을 느끼게 하는 내 삶의 별빛들. 떠남과 돌아옴, 사랑과 돌봄, 그리고 읽기와 쓰기.

서두를 필요가 없습니다. 재치를 번뜩일 필요도 없지요.
자기 자신이 아닌 다른 사람이 되려고 할 필요도 없고요.

- 버지니아 울프, 『자기만의 방』 중에서

2부

무용한 글의
아름다운 쓸모

찾고 모은다는 신비한 일

찾고 모은다는 건 신비한 일이지. 찾는 것밖에는 안 보이니까. 크랜베리를 찾고 있으면 빨간 것밖에 안 보이고, 뼈를 찾고 있으면 하얀 것밖에 안 보여. 어디를 가도 뼈밖에 안 보인다니까.

— 토베 얀손, 『여름의 책』(안미란 옮김, 민음사 2019), 22면

어디를 가도 그것밖에 안 보이는 것. 내가 찾고 모으는 건 영감이다. 글 쓰는 사람에겐 보고 듣고 느끼는 모든 것들이 영감이자 글감이기에 생활에서 세상에서 그런 걸 찾는다. 대체로 그런 것들은 평범하게 휙 지나가고, 모래 틈에 반짝 반사되는 찰나의 무언가처럼 숨어 있거나 묻혀 있다. 이게 무슨 쓸모가 있을까 골똘히 생각하기 전에 일단 줍는다.

'서로 존댓말을 하면 기분 좋은 하루가 시작됩니다.' 편의점 카운터에 붙여둔 문장을 줍고, 서점에서 결제를 기다리다가 "펭귄이라는 이름이 '흰머리'라는 뜻이래." 펭귄 책을 든 남자의 말을 줍는다. '준혁이 창밖을 내다본다' 타닥타닥 타이핑 소리와 '다음 신에 이건 어때?'라는 카페 옆 테이블 작업자들의 말을 줍는다.

피어나는 벚꽃 봉오리와 잘려버린 목련나무 밑동을 줍는다. 화분들이 잘 자란 누군가의 베란다와 앞서가는 낡은 자전거, 주택가에 버려진 아이 장난감과 담장 위에 앉아 있는 고양이의 꼬리와 오래된 모래 놀이터에서 목욕하는 참새들의 날갯짓을 줍는다. 한데 오래 살아서 알게 된 앙상한 나무들에게서 곧 피어날 꽃과 열매들의 이름을 줍는다.

바닷가에서 뼈를 줍듯 희고 반짝이는 무언갈 줍다 보면, 시간이 빠르게 지나간다. 모든 게 다 달라 보이고, 그런 걸 나만 알아채서 재밌다. 『여름의 책』에서 바다에서 떠밀려 온 뼈를 줍는 할머니를 보고 '뭐 하는 거야?' 묻는 손녀에게 할머니는 대답한다. '놀지.' 나도 쓸모없는 것들을 모으면서 논다. 어쩌다 그런 것들이 글자가 되고 문장이 되고 긴 글이 되기도 하는데, 그럴 때마다 뭔가 아름다운 일을 하는 것 같아져 가슴뼈가 뻐근해진다.

저녁 무렵에는 '나 이런 걸 주웠어.' 우리 집 여섯 살들이랑 이야기를 나눈다. 그런데 걔네가 주워온 것들도 되게 많고 반짝여서 가만히 듣는다. 왼손 버스 창문에 타고 오면 꽃이 펴 있어. 이름 엄청 어려운데 나는 알아. 벚꽃이더라. 맞아! 그리고 놀이터에 떵님(떡잎)이 나왔어. 엄마 떵님 알아? 엄마, 내가 걸어가는데 바람이 잘 가라고 밀어주더라고. 엄마가 내 말을 안 들으며는 마음이 고슴도치를 잡고 있는 거 같아. 엄마 눈에는 맨날 내가 있더라. 여섯 살들 이야기를 조곤조곤 듣다가는 와, 아름답다, 감탄한다.

흔들릴 때 글쓰기

'흔들리는 배 안에서 고정되지 못한 것은 오로지 사람뿐이다. 흔들리는 배 안에서도 이제 잠을 청할 수 있다.'

젊은 여성 항해사 김승주의 책『나는 스물일곱, 2등 항해사입니다』의 추천사를 쓰다가 문장에 밑줄 그었다.

3만 톤의 배를 운항하는 스물일곱 살 여성 항해사는 한번 배에 오르면 6개월은 바다를 떠돈다. 계절과 날씨를 온전히 느끼지 못하는 건 물론, 유일한 여성 선원으로 밀려오는 두려움과 외로움을 혼자 이겨내야 한다. 그래서 그는 글을 쓰기 시작했다. 양팔을 둘러 스스로를 껴안아주며 버텨내기 위해서. 흔들리는 밤바다 위에서 홀로 글 쓰는 그를 상상하면, 어느 밤 침대맡에 앉아 글 쓰던 내가 겹쳐진다. 그 시간의 공기와 온도와 마음이 만져질 것만 같다.

캄캄하고 외롭고 흔들리는 곳이 바다뿐일까. 누구의 삶

이건 그런 시기가 있다. 나의 의지와는 상관없이 이리저리 흔들리고 감정이 오르내리고 밤새 뒤척이며 잠들지 못하는 시기가. 최승자 시인은 '이렇게 살 수도 없고 이렇게 죽을 수도 없을 때/ 서른 살은 온다(「삼십세」, 『이 시대의 사랑』, 문학과지성사 1981)'고 했던가. 스물아홉의 나에겐 힘든 일들이 연달아 몰려왔다. 몸도 마음도 멀미에 시달렸다. 툭, 부딪쳐오는 아주 작은 것에도 나는 지나치게 울렁거리고 치밀어 올랐다.

스물아홉의 나는 위로라고 불리는 모든 게 싫었다. 위로의 노래도 듣기 싫고 위로의 영화도 보기 싫고 위로의 책도 읽고 싶지 않았다. 위로해주겠다는 사람도 싫었다. 무언가, 누군가 나를 달래주는 것이 싫었다. 어딘가에 의지하는 것도 싫었다. 나는 어째서 스스로 나일 수는 없는 걸까 생각하다가 그런 나조차도 싫어져 이불을 뒤집어쓰곤 했다.

나는 날마다 예민하고 피곤한 사람이 되어갔다. 미간을 찌푸리고 입술을 꾹 다문 채 재촉하며 초조하게 생활했다. 건조한 용건들만 나누고 타인의 호의를 모른 척했다. 누군가의 실수를 발견하면 은근히 무안을 주었다. 관계에 너그러울 줄 몰랐다. 언제부턴가 내 곁의 사람들도 말수가 줄어들었다. 주위가 너무 조용해서 둘러본 어느 순간, 나의 불안을 곁에 떠넘기고 있다는 걸 깨달았다. 나는 아주 별로인 사람이 되어 있었다. 그날부터 글을 쓰기 시작했다.

다짐했다. 나의 불안은 내가 껴안기로. 어차피 잠들지 못할 바에야 잠들지 않기로. 캄캄한 밤 침대맡에 앉아 노트북 모니터 불빛 아래 글을 썼다. 하나둘 나의 이야기를 꺼내기 시작했다. 글 쓸 때만큼은 누구에게도 기대지 않고 누구에게도 말 걸지 않아도 괜찮았다. 양팔을 들어 동그라미를 그린 만큼이어도 충분했다. 양팔을 둘러 스스로를 껴안아주기만 해도 충만했다. 나는 완벽한 혼자가 되었다. 그제야 오랫동안 나를 괴롭혔던 멀미가 그쳤다.

그런 밤들을 보내며 서른이 되었다. 서른에는 쓰던 글을 공개적으로 처음 올렸다. 서른하나에는 쓴 글들을 모아 첫 책을 냈다. 서른둘에는 두 아이를 낳고 돌보며 절실히 글을 썼다. 서른넷에는 두 번째 책 『우리는 이렇게 사랑하고야 만다』(수오서재 2019)를 냈다. 삶이 흔들릴 때마다 나는 글을 썼다.

서두를 필요가 없습니다. 재치를 번뜩일 필요도 없지요. 자기 자신이 아닌 다른 사람이 되려고 할 필요도 없고요.
— 버지니아 울프, 『자기만의 방』(이미애 옮김, 민음사 2016), 28면

글 쓸 때마다 100년 전 버지니아 울프가 쓴 문장을 새긴다. 흔들릴 때는 흔들려야 한다. 흔들림에 익숙해져야 한다. 누구에게도 기대지 않고 누구에 관해서도 생각하지 않고 오로지 혼자가 되어야 한다. 혼자가 되었을 때 생각해야 한다. 써야만 한다. 나에 대하여. 남들에게는 보이지 않지만 나만 아는 진정한 나에 대하여. 서두를 필요도, 반짝일 필요도, 아무도 될 필요가 없다. 오로지 자기 자신이 되어야 한다.

이제는 익숙해져 미세한 진동을 자각하진 못해도 여전히 삶은 흔들리고 있다는 걸 안다. 서른을 지나고, 부모가 되고, 작가가 된 후에는 그런 삶이 자연스러워졌다. 흔들리고 있는 삶에서 이따금 평온함을 만나기도 한다. 비로소 나는 잔잔해졌다.

고요한 밤. 홀로 글 쓰는 누군가를 생각한다. 그의 굽은 등을 가만히 쓰다듬어주고 싶다. 글 쓰던 여성 항해사의 말을 달리 전해주고도 싶다. 흔들리는 삶에서 고정되지 못한 것은 오로지 사람뿐. 그러나 흔들리는 삶에서도 우리는 잠을 청할 수 있다.

쓰는 엄마들에게 하고픈 이야기

"스페인에선 죽기 전에 해야 할 세 가지 일이 있다고 해요. 아이 한 명을 낳고, 책 한 권을 쓰고, 나무 한 그루를 심는 일."

방송작가로 일할 때 어느 스페인 숲 지킴이가 해준 말이었다. 세 가지 일 모두 해낸다면 내 인생은 어떻게 달라질까, 나는 어떤 사람이 되어 있을까. 꾸준히 글을 쓰다 보니 책 한 권을 먼저 썼다. 뭔가 대단한 변화는 없었지만 나를 좀 더 잘 알게 되었다. 그리고 아이 둘을 낳았다. 그야말로 인생이 송두리째 달라졌다.

엄마가 된 일은 내 인생과 정체성의 새로운 변화이자 계기였다. 하루에도 수십 번 미지의 세계를 경험하고 요동치는 감정들을 겪었다. 그때마다 나는 글을 썼다. 글쓰기는 청소하듯 나의 감정을 정리 정돈 해주었고, 요리하듯 나의 내면을 만들고 채워주었다. 글쓰기는 아이를 돌보듯 나 자신도 돌봐주었다. 글쓰기는 나의 새로운 인생과 정체성을 다듬고 보듬고 이끌어주었다.

에세이 작가가 되고 엄마가 되었다. 예상치 못한 쌍둥이 임신이었다. 씨앗만 했던 아이들은 수박만 하게 무럭무럭 자랐고, 나는 고위험군 산모가 되어 꼼짝없이 누워 지내야 했다. 쌍둥이 형제를 낳았다. 두 아이를 먹이고 씻기고 입히고 재우고 어르고 달래고 돌보았다. 그러자 3년이 지나갔다. 이렇게 간단한 문장으로 그 시간을 쓰는 일은 어쩐지 좀 억울할 정도로 먹먹하다.

아이들이 두 돌이 될 때까지 육아에 전념했다. 날마다 몸과 마음이 완전 연소되었다. 소통과 관계가 단절되자 우울해졌다. 날마다 선명해지는 세상에서 나라는 존재만 흐릿해지는 걸 느끼며 옅은 우울증을 앓았다. 아이들은 너무나 예쁘고 소중했다. 그러나 행복하면서도 불안했고 기쁘면서도 우울했다. 가만했지만 초조했고 사랑했지만 두려웠다. 이 복잡하고 혼란스러운 감정들을 정돈하고 설명하고 싶었지만, 마음을 들여다보고 생각해볼 여유가 없었다. 막막했다. 두려웠다. 다시 글을 쓸 수 있을까. 다시 사회로

나갈 수 있을까. 다시 나로 살아갈 수 있을까.

아이들이 통잠을 자면서부터 아무도 청탁하지 않은 글을 쓰기 시작했다. 아이들을 돌보고 밥을 짓고 청소를 하면서 머릿속으로 쓰고 싶은 이야기를 생각했다. 아이들이 잠들면 엉망이 된 거실로 향했다. 장난감을 헤치고 아이들이 물어뜯어 팔걸이 껍질이 다 벗겨진 소파 구석에 앉아서, 쌓여 있는 설거지와 널브러진 빨랫감을 힐끔거리며 글을 썼다. 자주 깨는 아이들을 들여다보며 쓰는 글은 자꾸만 뚝뚝 끊겼고 나는 온몸이 아팠다. 좀처럼 내 맘처럼 되지 않는 날들과 글들. 그래도 뭐라도 쓰고 모았다. 하루, 한 달, 한 해, 글들이 모이자 두툼한 원고가 되었다.

엄마가 되고 3년 만에 두 번째 책을 완성했다. 스스로가 대견하고 고맙고 홀가분하고 뭉클해서, 내가 나로 가득 찬 마음, 충만한 마음을 느꼈다. 내가 그토록 간절하게 글쓰기에 매달렸던 이유는 단 하나. 선명하게 나로 살고 싶어서였다. 내가 사라질수록 내가 간절했다. 그 누구도 아닌 나. 나의 일상, 나의 마음, 나의 서사, 나의 바람을 톺아보고 고민했다. 매일의 기록은 시시했지만 그것들을 모으니 한 권의 책이 되었다. 인생의 기록이 되었다. 나는 고유한 사람이 되었다.

나는 자라 내가 되었구나. 자란다는 건 오르거나 나아가는 일이라고만 생각했는데, 넓어지고 깊어지는 일이라는 걸 깨달았다. 커다란 품이 생겨 다른 존재들을 끌어안고 돌볼 수 있게 되었다는 것도. 엄마가 되어서야 이런 문장을 완성할 수 있었다.

> 잘 보이지도 느끼지도 못하지만 나는 매일 자라고 있다. 하루, 한 달, 한 해가 지나면 나는 또 다른 모습으로 자라 있을 것이다. 그때도 그랬으면 좋겠다. 다른 누구처럼이 아닌 고유한 나로 살아 있길 바란다. 그리하여 언제까지나. 나는 자라 내가 되고 싶다.
> ─『우리는 이렇게 사랑하고야 만다』, 237면

글쓰기는 지극히 사적이고 내밀한 일이다. 자발적으로 글을 쓰는 사람들에게 어떨 때 글쓰기를 찾는지 물어보면, 대부분 마음이 힘들 때라고 답한다. 겪었던 일 중에서 계속해서 나를 따라다니는 사건이나 감정이 곧 글감이 된다. 기분 좋은 일과 기분 좋지 않은 일, 어떤 사건과 감정이 더 강렬할까. 우울하거나 슬프거나 아프거나 억울하거나 이상하거나 심난하거나. 글쓰기는 내면 깊이 남아 있는 비밀스럽고 혼란스러운 감정에서 시작된다. 기분 좋은 일은 가까운 사람들과 흔쾌히 나눌 수 있지만, 기분 좋지 않은 일은 가까운 사람에게조차 도저히 털어놓을 수 없기 때문이다. 말할 수 없는 이야기와 설명할 수 없는 마음들을 스스로도 어찌할 수 없을 때, 글쓰기가 시작된다.

글쓰기 수업에서 유독 여성, 그중에서도 엄마인 여성들을 많이 만나는 이유도 그래서이다. 인생과 정체성에 엄청난 변화를 마주한 엄마들에겐 자신의 이야기를 정리하고 꺼낼 시간이 반드시 필요하다. 지금 내 삶은 어떠한지, 나는 어떤 감정과 마음을 느끼는지, 나는 어떤 사람인지, 나는 어떤 사람으로 살고 싶은지를 정리 정돈 하기에 글쓰기처럼 내밀하고 자유로운 방법이 없다.

"가족 이야기 말고 나의 이야기를 먼저 쓰세요."

글쓰기 수업에서 엄마들에게 당부한다. 처음 쓰는 엄마들의 글에는 아이들 이야기뿐이다. 엄마들의 글에는 하나같이 시간이 없고, 공간이 없고, 친구가 없고, 대화가 없고, 내가 없다. 그러므로 점점 사라진다. 나의 이야기가, 나라는 주어가, 나라는 존재가.

엄마들에게 하고픈 이야기가 있다. 집과 부엌과 커피와

책과 창문과 돌봐야 할 존재들이 머문 당신의 작은 세계. 그 작은 세계에서조차 가장 작은 존재는 아이들이 아니라 당신일 것이다. 그곳에 톡. 잘 보이지 않는 곳에 놓아둔 작은 점 같아 보이지만, 그러나 알고 보면 가장 깊은 곳에 심어둔 작은 씨앗 같은 존재. 그게 당신이라고. 김소연 시인의 『한 글자 사전』에선 '그 안에 무엇이 들어 있는지 쪼개어 알아내는 것이 아니라 심고 물을 주어 키워가며 알아내는 것'을 '씨'라고 말한다. 우울과 단절에 나를 다그치고 괴롭히며 쪼개지 말기를. 당신은 지금 이 세계에 자기 자신을 심은 것이므로.

죽어가도록 그냥 두지 말고, 물 같은 사유를, 바람 같은 음악을, 햇빛 같은 마음을 틈틈이 주면서. 그렇게 나를 키워가며 알아냈으면 좋겠다. 나는 어떤 사람인지, 어떻게 피어날 사람인지, 얼마나 아름다울지. 내내 궁금해하고 읽고 쓰고 생각하면서 나라는 사람을 알아내면 좋겠다. 글 쓰는 엄마들이 많아지길 바라는 마음도 이런 이유에서다. 나에 대해 생각하고 쓰면서 나라는 사람과 나의 세계를 가꾸며 나답게 살아가길 바란다. 엄마는 어떻게 자랄까. 자라는 건 아이들만이 아니라는 걸, 엄마가 되어 깨닫는다.

죽기 전에 해야 할 세 가지 일이 아이 한 명을 낳고, 책

한 권을 쓰고, 나무 한 그루를 심는 일이라면, 세상에 모든 엄마는 이미 '아이 한 명을 낳는 일'을 해냈다. 나머지 두 가지 일은 아이를 낳아 키우는 일에 비하면 그리 어렵지 않다. 엄마가 되고 나서야 이 말의 진짜 의미를 알 것 같다. 이제는 이렇게 바꿔 말하고 싶다.

'나의 인생을 나답게 살기 위해서 세 가지 일이 필요하다. 나의 아이들을 돌보는 일, 나의 인생을 쓰는 일, 나라는 씨앗을 심는 일.'

물 같은 사유를, 바람 같은 음악을, 햇빛 같은 마음을 틈틈이 주면서 나를 키워가며 지켜볼 것이다. 조그만 씨앗 속에는 셀 수 없이 무수한 나무가, 울창하고 아름다운 숲이 들어 있다는 걸 나는 안다.

까만 위로

두 번째 책 초교 시작. 21,936개의 낱말을 썼다. 원고를 받은 지는 일주일이 넘었지만 아팠던 아이들을 돌보느라 확인할 수 없었다. 휴대폰으로나마 열어본 원고는 작고 흐릿해서 읽기 어려웠다. 아이들이 잠들 때마다 소파 구석에 앉아서, 아일랜드 식탁에 우두커니 서서 쓴 글들. 까만 개미 떼 같은 글자들을 아이들에게 보여주며 말했다.

"너네 잠든 사이에 엄마가 쓴 거야. 잘했다고 해줘."

아무것도 모르는 아이들 눈동자가 깜박거린다. 단정히 정렬된 작고 까만 글자들을 보는 나의 마음은 아이들을 마주 볼 때와 비슷하다.

언젠가 글쓰기 수업을 찾아온 사람이 말했다. 내 수업을 선택한 이유는 내가 '엄마'이기 때문이라고. 아이를 낳고 키우는 작가는 세상 보는 눈이 너그럽고 따뜻할 것 같고,

누구보다도 간절하게 글쓰기를 이끌 것 같다고 했다. 내가 엄마가 되고 쓴 글이 정말로 너그러워졌는지, 따뜻해졌는지는 잘 모르겠다. 다만 간절하게 썼다. 지나친 절박함과 다급함을 드러내기 싫어서 무던히도 애쓰며, 절실하게 썼다.

아이를 낳고 키우는 일. 남들보다 조금 일렀고, 쌍둥이라서 조금 달랐다. 겪을 때는 무엇보다 외로운 게 힘들었다. 할 이야기가 너무 많았지만, 그 많은 이야기를 나눌 여유가, 들어줄 비슷한 처지가 없었다. 그래서 외로웠지만, 외로움마저도 이야기할 시간이 없었다. 육아와 가사 시간이 소등되면 어디라도 주저앉아 새벽까지 글을 썼다. 그렇게 완성한 글을 읽으면 마음이 복잡했다. 벅차고 고맙고 슬프고 외롭고, 그래서 울 것 같은 이상한 마음. 단정히 정렬된 작고 까만 글자에는 조용한 기쁨과 슬픔, 작은 상실, 까만 위로가 스며 있었다.

하루를 펼쳐볼 수 있다면 수리의 시간은 정말 빼곡하게 채워져 있을 거예요. 그건 언젠가 했던 말처럼 글 쓰는 시간이 수리를 살게 해주기 때문이겠죠. 주어진 짧은 밤을 수리가 타닥타닥 보내고 있다고 생각할 때면, 수리가 원하는 만큼 밤이 늘어나면 좋겠다는 상상을 해요. 시간을 잘게 나눠 쓰느라 수리가 자꾸만 조그마해지지 않고, 글을 쓰는 일이 절박해지고 다급해지지 않게요. 아마도 그런 시간이 우리에게 얼마나 필요한지 나 또한 잘 알고 있기 때문일 거예요. 괴로울 때도, 아무것도 쓰지 못할 때도 있지만 글을 쓸 때 느끼는 조용한 기쁨과 슬픔은 다른 어떤 것으로도 대체할 수 없다는 걸 알아요. 무슨 일이 있더라도 이 시간만은 손상되지 않기를, 지키면서 살고 싶다고 생각합니다. 아마 수리도 느껴본 마음이겠지요.

동료 작가 달님이 보낸 편지를 읽던 날, 글 쓰는 밤을 헤아리는 사려 깊음이 고마워서, 글 쓰는 우리의 같은 마음이 뭉클해서, 외로움이 가셨다. 달님의 말처럼 나의 하루는 내가 아닌 사람들로 빼곡하게 채워져 있었다.

돌봄이라는 말, 동그랗고 부드럽게 발음되는 말. 관심으로 보살핀다는 온기가 스민 말. 혼자서는 결코 가질 수 없는 말. 둘 이상이 나누고 안아주는 말. 이전에 나는 돌봄과는 전혀 상관없는 사람이라고 생각했다. 동물을 키워본 적 없고, 식물도 오래 기르지 못하는 사람이었으니까. 곁도 품도 주지 않고 고양이처럼 홀로 자리를 옮기며 사는 게 좋았던 사람이었으니까.

그랬던 내가 엄마가 되어 아이들을 돌본다. 작가가 되어 쓰는 사람들을 돌본다. 두 아이가 무사히 자라도록 먹이고 입히고 재우고 보호하고 안아준다. 사람들이 글 쓰며 진정한 자신을 찾을 수 있도록 지켜보고 들어주고 대화하고 이해해 본다. 애정이 기반이 된 돌봄은 기쁜 일이었다. 육체적, 정신적 힘을 온전히 쏟아야만 얻을 수 있는, 책임과 희생을 감내해야만 얻을 수 있는 중요한 삶의 가치들도 알려주었다.

'돌보다'는 '보다'와 '돌아보다'를 포함한 낱말이라던 서한영교 시인의 이야기처럼. 돌보다. 보다. 돌아보다. 내내 돌보면서 너를 보고 나를 돌아보는 경험을 했다.

'보다'. 한시도 눈을 떼지 않고 그저 본다. 주의 깊게 살피고 지켜보고 바라보고 마주 보며, 그저 보는 것만으로도 상대를 아끼고 지키며 무한한 애정을 품는다.

'돌아보다'. 돌보는 모든 순간 나를 돌아보았다. 아이였던 나와 나를 키운 엄마의 시간을. 어둠 속에 머물던 나와 웅크린 채 홀로 글 쓰던 나의 밤들을.

돌보다. 보다. 돌아보다. 일련의 과정을 겪으면서 이해해볼 수 있는 삶의 규모가 서서히 확장되었다. 한편, 그래서 힘에 부쳤다. 한 사람이 해낼 수 있는 돌봄의 몫은 어느

정도일까. 돌봄의 힘은 대체 어디에서 그렇게 끝없이, 끝
없이 나오는 걸까.

　한동안 나는 이상한 시간을 보냈다. 바쁜 일들을 해내고
혼자인 시간이 생기면 어디에도 집중하지 못하고 의미 없
이 휴대폰만 들여다보았다. 활자를 읽으면서도 난독증에
걸린 사람처럼 이해하지 못했고, 카페에서 작업을 하려 해
도 소음들이 귀를 비집고 찔러대 금방 일어나야 했다. 책
도 읽지 못하고 글도 쓰지 못하고 산책도 하지 못하고 밥
도 잘 먹지 못하고 잠도 잘 자지 못하고, 자주 몸이 아팠다.
나는 날마다 바빴고, 행복했는데, 무기력했다. 전혀 어울
리지 않는 형용사들이 나란한 이상한 시간들. 나는 소진되
고 말았다.

　그러던 어느 밤, 신발장에서 컨버스 운동화 세 켤레를
꺼냈다. 불현듯. 갑자기. 당장. 새벽 2시에 운동화를 빨아
야겠다는 생각이 절실했기 때문이었다. 커다란 비닐봉지
에 뜨거운 물을 붓고 소금과 식초와 운동화를 넣어 묶어둔
채 1시간쯤 때를 불렸다. 운동화를 욕조에 다 쏟아버리고
는 꼼꼼히 비누칠했다. 욕조에 쪼그려 앉아서 낡은 칫솔로
운동화를 솔질했다.

세 켤레를 빨기까지 긴 시간이 걸렸다. 다리가 저리도록 솔질하다가 문득 피식 웃었다. 운동화 세 켤레가 다 같은 브랜드에 색깔만 달랐다. 화이트, 아이보리, 베이지. 아, 나는 이런 사람이었구나. 한밤에 운동화를 빨아 헹구고 물기를 털어서 베란다에 놓아둔 후에야 침대로 향했다. 새벽 5시가 지나고 있었다. 깨끗하게 빨린 운동화가 된 기분으로, 완전히 지쳐서 가지런히 누워 영화 「툴리」의 장면을 떠올렸다. 어느 밤, 세 아이의 엄마인 마를로에게 야간 보모인 툴리가 찾아와 말한다. "나는 당신을 돌보러 왔어요 (I'm here to take care of you)."

나에게도 필요했다. 무난하고 눈에 띄지 않는 운동화만 골라 신는 사람에게도, 누군갈 돌보는 데만 익숙해진 사람에게도 눈길과 손길은 필요했다. 새벽 5시에 운동화 세 켤레를 빨고서야 깨달았다. 나는 나를 돌봐야만 했다. 이제 그만 침대로. 까만 밤 내가 나에게 준 위로였다. 모처럼 곤히 잠들었다.

며칠 사이 잘 마른 아이보리 운동화를 신고 밖을 나섰다. 집 안은 엉망이고 할 일은 많지만 잠시 걷기로 했다. 볕을 쬐며 걸었다. 손수 빨아 잘 말린 운동화를 신고서, 발맘발맘 걸어보았다. 나아갈 힘이 없다면 천천히 한 걸음씩만 걸어도 된다. 묵묵하게 조금씩 걸어도 된다. 무언갈 놓아버리기도, 받아들인 것도 같은 홀가분한 기분. 그런데도 마음만은 커다래졌다. 엉망인 집으로 돌아가면 글을 써야지. 아이들이 잠들면 이 마음을 기록해둬야지.

> 아이를 낳은 바로 그 순간부터 나의 엄마됨은 무언가를 천천히 그리고 계속해서 놓아주는 것이었다는 점이다…. 아이들이 내 신체의 일부가 아닌 보다 독립적인 존재가 되어가면서 나는 매일 작은 상실을 경험한다. 마침내 밝혀졌듯, 엄마됨은 상실의 불가피함을 받아들이고 고통스러운 감정에 대한 나의 광적인 방어 기질을 서서히 놓아주는 순탄치 않은 과정에 훌륭한 촉매가 되어주었다. 그리고 이 과정은 내가 아이들의 곁에 더 많이 머물고 작품 활동에 필요한 정신적 공간을 넓힐 수 있게 해주었다.
> ─도리스 레싱 외, 『분노와 애정』(김하현 옮김, 시대의창 2018), 323~324면

오후 4시. 아이들 하원 버스를 기다릴 때면 바람에 흔들리는 나무들을 본다. 몰아치듯 일하고 달려와 숨 돌리며 나를 가다듬는 짧은 시간. 아무것도 하지 않고 물끄러

미 커다란 벚나무를 본다. 나무는 이파리 하나하나 푸르르 움직인다. 바람이 불면 흔들리고 바람이 멈추면 가만히 있다. 나무는 매일 조금씩 달라진다. 몇 달 전만 해도 앙상했는데, 밤도 겨울도 머물다 갔을 텐데, 어느새 이렇게 무성해진 걸까. 그런 생각이 들면 이상하게도 내가 살아 있다는 게 너무나 생생하게 느껴진다. 나무를 마주 보고 나무처럼 우두커니 서서, 나 이렇게 살아가는 것만으로도 얼마나 나다운지 생각한다. 이따금 바람 같은 말들이 나를 기쁘게, 슬프게 흔들고 지나가더라도 나는 나대로 묵묵하면 된다.

네 번째 책 초교 시작. 42,741개의 낱말을 썼다. 두 번째 책 이후 이어 쓴 글들을 모아 책을 만든다. 엄마가 된 어느 작가의 조용한 기쁨과 슬픔, 작은 상실, 까만 위로. 그것들을 잘게 나눠 이어 붙인 긴긴밤의 이야기가 여기에 가지런히 담길 것이다.

청탁이 재능

첫 책을 낸 직후 '작가님께 원고 청탁 드립니다'라는 메일을 받았다. 수년이 지나 전업 작가가 된 지금에야 '청탁'이야말로 공개적인 글쓰기, 작가의 시작을 알리는 버저라는 걸 안다. 하지만 당시에는 아무것도 몰랐다. 예상치 못한 버저 소리에 화들짝 놀라서, 달려 나갈지 멈출지 도망칠지 아무 갈피도 잡지 못했다. 청탁뿐일까. 인터뷰, 북토크, 독자들의 메시지, 심지어는 사인 요청에도 깜짝 놀라 곤란해했다. 나에게? 어째서? '작가'라는 정체성이 아예 없었기에 내가 이런 것들을 해도 되는 사람인지 스스로 자격을 묻고 부끄러워했다. 작가의 일에 대해선 전혀 준비가 없었던 거다.

첫 원고 청탁은 잡지에서 의뢰한 에세이 집필이었다. '어른의 맛'이라는 주제로 어릴 적에는 무슨 맛인지 도통 몰라 싫었지만 어른이 되어 새삼 깨달은 음식의 참맛과 추억을 써보는 에세이 기고였다. 청탁서를 보내온 곳은 유명한 잡지였고, 함께 기고하는 필진들이 평소 우러러보던 시인과 소설가 들이었기에, 주눅부터 들었다. 원고 청탁이 이렇게 달랑 메일로 보내온 청탁서 하나로 이루어지는 일이라는 것도 몰랐다.

그간 나는 방송사나 클라이언트와 긴밀하게 소통하며 작업하는 구성작가 일을 해왔기 때문에 일단 원고 구성안부터 써서 보냈다. '고등어조림, 잔치국수, 가지, 추어탕, 녹차아이스크림, 초콜릿케이크' 무려 여섯 가지 글감의 가제, 기획의도와 중심문장을 정리하고 간략한 초고를 빼곡하게 채운 네 페이지짜리 원고 구성안이었다. "기획의도와 일러스트를 염두에 둔다면 어떤 음식이 좋을까 곰곰 생각해보았어요. 제가 생각한 '어른의 맛'을 정리해보았는데요. 어떤 음식과 이야기가 적합할지 의견 주시면 반영하도록 하겠습니다." 친절한 메시지와 함께. 청탁 원고 분량은 2,000자 내외였는데, 구성안만 8,000자를 써서 보낸 것이다.

아마도 몹시 당황했을 에디터는 바쁜 업무에도 불구하고 친절하게 회신해주었다. 어차피 필력은 다른 필진들에

비해 내가 부족할 테니 그저 잡지사와 독자들이 원하는 글이 뭘까만 고심했다. 우연히도 방송작가 시절 나의 입봉작은 전국 시골 마을들을 돌아다니며 할머니들과 밥상을 만들어 먹는 요리 프로였다. 내내 싫어하는 음식이었지만 할머니들 손맛과 정성에 다시 먹어보니 맛있었던 추어탕을 썼다.

지면에 실린 글은 일러스트와 더불어 아름다웠다. 어찌나 뿌듯하던지! 잘 쓰고 못 쓰고를 떠나 대단한 작가들과 함께 실렸단 이유만으로 반듯하게 오려 아직도 간직하고 있다. 그 글을 읽은 다른 매체에서 또 음식 에세이를 청탁했고 추억의 맛에 관한 글을 썼다. 먹는 얘기는 별로 관심 없다 여겼던 내가 그로부터 4년 후에는 무려 음식 에세이 책(『고등어 : 엄마를 생각하면 마음이 바다처럼 짰다』)을 쓰게 될 줄도 모르고. 다시 2년 후에는 배달의민족 뉴스레터에 음식 에세이를 연재하게 될 줄도 모르고.

지금은 음식 에세이를 진정 좋아한다. 먹고 사는 이야기야말로 사람 사는 이야기라고 믿는 작가가 되었다. 첫 청탁 구성안에 썼던 글감들도 모두 원고가 되었다. 이렇듯 작가 자신은 잘 모른다고 생각했던 주제, 작가에겐 전혀 없다고 생각했던 이야기들이 청탁을 통해 세상 밖으로 나오기도 한다.

8년 차 에세이 작가인 나는 여전히 청탁 온 원고를 매우 성실하게 쓴다. 매체의 지면 원고 청탁뿐만 아니라, 출간 제안과 책 원고 역시 출판사와 편집자의 청탁이다. 종종 생각지도 못하거나 쓰기 어려운 청탁 주제를 만나기도 하는데 그래도 일단 '써보겠다'고 한다. 청탁을 수락한 이상, 약속과 마감과 고료가 달려 있기에 작가는 어떻게든 이야기를 찾아 쓴다는 걸 알게 되었으니까.

철학자 블랑쇼는 '청탁이 재능'이라고 했다. 재능이라는 건 잠재되어 있다가 밖으로 표출되는 게 아니라, 누군가의 청탁으로 일하다가 알 수 없던 능력으로 드러난다는 것이다. 작가 자신에게조차 있는지 몰랐던 '쓰는 재능'은 청탁을 통해 드러난다. 그 재능은 훗날 음식 에세이 책을 쓰게 된 나처럼, 상상도 못할 미래로 작가를 데려가기도 한다. 청탁이 오면 무조건 최선을 다해보는 수밖에. 나는 청탁이 재능이라는 말을 굳게 믿는다.

'청탁 원고 쓰는 법'은 따로 없다. 첫 청탁에서 8,000자 구성안을 써 보냈던 초보 작가의 최선처럼, 터무니없더라도 작가의 최선이 느껴진다면 어떤 청탁이든 능히 해낼 수 있을 테니까.

'엄마 작가'가 글 쓰는 법

"아이들 키우면서 어떻게 글 쓰세요?"

엄마들에게 가장 많이 받는 질문이다. 엄마들은 글 쓸 시간이 없기에 조바심 내고 불안해하며 좌절하다가 결국 엔 포기하고 만다. 그러나 다른 작가들과 비교해선 안 된 다. 결코 의지가 부족해서가 아니다.

아주 오래전부터, 결혼하고 아이들이 있어도 규칙적으 로 글 쓰던 작가들이 있었다. 산책과 운동을 하고, 누군가 차려준 식사를 먹고, 깨끗이 청소된 공간에서 살림과 육아 는 신경 쓰지 않으면서도 오로지 글만 쓸 수 있었던 작가 들. 그들은 모두 남성이었다. 역사에 조명되지 않았던 수 많은 여성 작가들은 모두가 잠든 시간 보이지 않는 구석에 깨어 있었다. 깜깜한 새벽과 푸른 아침에. 그들 대부분이 엄마였고, 작가라고 사회적 인정을 받기도 어려웠다. 집안

일과 아이들을 챙기며 남몰래 글을 써야 했기에, 시간도 여유도 없었다. 엄마 작가들에겐 오직 하나, 간절함이 전부였다.

작가라서, 나는 매일 글을 쓴다. 메모와 일기를 기록하고, 일주일에 두세 편의 원고를 쓰고, 글쓰기 강의 자료를 만든다. 주중에 평균 A4용지 20매 내외, 200자 원고지 160매 정도의 글을 쓴다. 나는 성실한 작가라고 할 수 있을까?

엄마 작가라서, 나는 매일 살림과 돌봄과 육아를 해내며 글을 쓴다. 이른 아침에 글을 쓰다가 아이들이 일어나면 아침밥을 해주고 씻기고 챙겨서 등원시킨다. 등원 후 설거지와 청소를 하고, 빨래 돌리고 다시 글을 쓴다. 점심 식사를 거른다면 5시간쯤 쓸 수 있다. 사이사이 빨래 널고 집안 잡무들을 보고, 예상치 못한 가족들 전화를 받는다. 그러다가 오후 4시, 아이들이 돌아오면 글쓰기는 끝난다. 메모 정도는 가능하겠지만 몰입해서 쓰는 일은 다음 날 새벽에야 가능하다. 그렇게 틈틈이 간절하게, 주중에 원고지 160매 정도의 글을 쓴다. 틀림없다. 나는 성실한 작가다.

엄마 작가의 일은 간절하게 글쓰기. 엄마 작가로 살아가려면 엄마의 일 틈틈이 작가의 일을 해내야 한다고 나는 단호하게 말한다. 종종 숨 막히고 마음이 요동치지만, 몰입하지 못하고 자꾸만 툭툭 끊기는 글들을 붙잡아야 하지만, 어느 것 하나 제대로 해내지 못한다는 불안감과 죄책감에 작아지지만, 그래도 틈틈이 어떻게든 써야 한다고.

나는 식탁에서도 글을 썼고, 젖을 먹이면서도 글을 썼으며 침실의 낡은 화장대에 앉아 글을 썼고, 나중에는 작은 스포츠카 안에서 학교가 파하고 나올 아이들을 기다리며 글을 썼다. (중략) 돈이 없을 때에도, 타자기를 두드리는 것 말고는 가계에 도움을 주는 게 없다는 죄책감을 느끼면서도 글을 썼다. 마침내 내 책이 세상에 나온 것은 내가 강인한 성품을 지녔거나 자존감이 높아서가 아니었다. 나는 순전히 고집과 두려움으로 글을 썼다. (중략) "진짜 작가"는 그저 계속 글을 쓰는 사람이라고 나는 생각한다.
— 바버라 애버크롬비, 『작가의 시작』(박아람 옮김, 책읽는수요일 2016), 24면

진짜 작가는 그저 계속 글을 쓰는 사람이라지만, 녹록지 않은 환경에서 간절함을 동력으로 이어가는 글쓰기는 몹시 괴롭다. 안락한 조건을 가진 타인들과 자신을 비교하다 보면 끝도 없는 부정적인 감정에 물든다. 하지만 나는 엄

마들의 글쓰기가 희생, 감당, 분노, 포기와 같은 무시무시한 말들로 치환되지 않기를 바란다. 엄마들의 글쓰기는 도전, 포용, 기쁨, 성취와 같은 반짝이는 말들로 정의되었으면. 자부심과 성취를 주먹밥처럼 꾹꾹 뭉쳐 다진 기쁨을, 조금씩 꼭꼭 씹어 음미하는 일이었으면 좋겠다. 오래 쓰는 에너지는 소진되는 게 아니라 충전되어야 하니까.

평생 밤에 글 쓰던 내가 아침에 글을 쓰게 된 건, 순전히 아이들 때문이었다. 밤이 되면 몸과 마음이 소진되어 풀썩 쓰러졌다. 겨우 일어나 글을 써봤지만, 예민하고 우울해져 부정적인 글을 토해내기 일쑤였다. 그러고 싶지 않았다. 나는 간절하더라도 기쁘게 쓰고 싶었다.

글 쓰는 시간을 바꿨다. 해 뜨기 전, 어스름한 새벽에 일어나 아침이 밝아오는 모습을 지켜보며 책 읽고 글을 썼다. 이른 아침에는 전화나 메시지가 날아오지 않았다. 누군가 현관문을 두드리지도 않았고, 어디선가 쿵쾅쿵쾅 시끄럽게 굴지도 않았다. 고요한 시간. 깨끗한 정신과 마음과 체력을 온전히 나 자신에게 쏟을 수 있었다. 그런 아침이 매일 반복되자, 아침 글쓰기는 나만의 리추얼이 되었다.

노벨문학상 수상 작가 토니 모리슨도 언제나 아침을 열며 글을 썼다. 누구에게도 방해받지 않고, 나만의 글쓰기 세계를 여는 일. 아침의 새 빛처럼 가장 깨끗한 에너지를 나에게 쏟아 나를 깨우는 일. 아이 셋을 키우며 88세까지 꾸준히 글 쓰던 엄마 작가의 리추얼이었다. 나도 이 리추얼을 계속해왔다. 물론 예상치 못한 사정과 피로로 지키지 못한 적도 많다. 그래도 괜찮다. 오래 꾸준히 쓰려면, '해야 한다'는 강박이 아니라 '하고 싶다'는 바람으로 이어가야 한다. 글을 쓰다가 아이들이 일어나면 다시 엄마의 일을 하러 간다. 그러나 여느 바쁜 아침과는 다르다. 나만의 의미를 충전하며 시작한 하루는 아침 해처럼 충만하게 기쁘다.

나는 엄마 작가다. '작가'를 수식하는 '엄마'라는 정체성에 자부심을 가진다. 내가 일구고 내가 이룬다. 부지런히 밥을 지어 아이들을 먹이고 키우듯이, 나는 생활과 사람을 챙기며 나의 삶을 풍요롭게 짓는다. 갓 지은 밥처럼 생생하고 따끈한 삶에서 살아 있는 글을 짓는다. 내가 생각하는 '엄마 작가'는 간절하고 기쁘게, 주체적으로 글 쓰는 사람이다. 안락한 공간과 근사한 책상과 여유로운 시간과 사회적 인정 같은 건 없을지 몰라도, 나에겐 내가 있다. 그건 여러분도 마찬가지다.

당신이 일기를 쓰면 좋겠습니다

　나는 누구일까? 단순한 질문에 단순한 대답을 할 수 없는 당신에게 시간 여행을 권한다. 시간은 모두에게 공평하니까, 모월 모일 어느 하루로 돌아간다면 적어도 내가 무엇을 보고 듣고 느끼고 좋아했던 사람인지 알 수 있을 것이다. 우리가 할 수 있는 가장 단순하고도 정확한 시간 여행법을 알려주고 싶다. 일단 일기장을 펼칠 것. 그리고 나에게 말을 걸 것. 어떤 장면과 대화를 나누며 하루를 보냈는지, 얼마만큼의 애정과 감정으로 하루를 살았는지, 그런 시시콜콜한 것들이 나를 알려준다. 우리의 기억은 똑똑하지 않아서 사소하고 시시한 것들은 금방 잊어버리고 만다. 선명히 알고 싶은 나라는 사람, 내가 살았던 인생은, 기록할 때에만 기억될 수 있다. 일기를 쓸 때마다 나는 나를 만난다. 나는 나를 기억한다.

매일이 나의 역사입니다. 해가 뜨면 새롭게 시작되고, 자정
이 되면 사라져버리는 '오늘'이라는 시간. (중략) 무엇이든
기록해보세요. 매일 기록하는 사람은 하루도 자신을 잊지
않습니다. 그건 곧, 하루도 자신을 잃어버리지 않는다는 말
과 같아요.

— 김신지, 『기록하기로 했습니다』(휴머니스트 2021), 23면, 211면

고백하자면, 나는 기록에 성실한 작가는 아니었다. 메모
하는 습관을 들이기 시작한 것도 본격적으로 글을 쓰기 시
작한 서른 즈음이었으니까. 가끔 메모를 끄적이거나 일기
를 쓰긴 했지만 마음의 찌꺼기를 털어놓는 글이 대부분이
었다. 그래서 나는 내가 우울한 사람인 줄 알았다. 남아 있
는 기록들 거의가 우울하고 슬프고 엉망이어서, 나는 내가
그런 사람인 줄만 알았다. 알고 보면 그것 말고도 나에겐
다채로운 감정과 생생한 일상이 살아 있었을 텐데. 유년과
청춘과 사랑하는 이들과 보낸 시간을 성실히 기록했다면
나에겐 얼마나 많은 이야기가 남아 있었을까. 지나간 그때
의 작고 사소한 이야기들, 그 틈새의 사유들이 하나도 남
아 있지 않아서, 이제 와 기록하지 않았던 지난날을 몹시
후회한다.

팬데믹이 시작되면서 일과 일상이 모두 무너져버렸다. 업무가 취소되고 사람과 멀어지고 만남이 사라졌다. 보육 기관이 문을 닫으면서 아이들 돌봄이 고스란히 엄마의 몫이 되어버렸다. 자가 격리 수준으로 아이들과 집에만 머무는 날들. 코로나 블루가 짙어졌다. 안팎으로 혼란스럽고 불안한 날들을 견디려면, 그저 나를 단단히 지켜야겠다는 생각뿐이었다. 뭐라도 내가 할 수 있는 일. 나의 일상을 기록하자고, 일기를 쓰기로 했다.

먼저 5년 일기장을 샀다. 클래식한 하드커버에 잉크 번짐이 적은 종이, 고무밴드와 가름끈이 실용적인 일기장을 골랐다. 5년 일기장이라서 쓰는 칸이 작고, 1년마다 이전 해에 썼던 일기를 확인할 수 있기에 꾸준히 쓰는 동기부여도 될 것 같았다. 공들여 펜도 골랐다. 매일 쓰는 물건이야말로 마음에 쏙 들어야 오래 쓸 수 있을 테니까. 2020년 5월 28일부터 나는 일기를 쓰기 시작했다.

하필 5월 28일이라서 좋았다. 무언가를 시작하기에는 전혀 특별하지 않은 날이었고, 새 노트의 첫 페이지부터 쓸 필요가 없으니 부담이 없었다. 잘 고른 펜은 손에 꼭 맞게 부드럽게 움직였다.

"해가 뜨는 걸 지켜보았다. 아침에 혼자 글을 쓰고 있다.

밤이 오고 다시 아침이 온다는 건 다행인 일이다. 날마다 하루를 다시 시작하는 거니까."

일기장은 아무 데나 가까이 두고서 썼다. 누가 봐도 상관없었다. 처음엔 예쁘게 쓰려고 노력했지만 갈수록 나만 알아볼 수 있는 글씨가 잔뜩이어서 다른 사람이 펼쳐본다 해도 해독하기 힘들 터였다. 너무 잘 쓰려는 마음을 버리고, 소소해도 기억하고 싶은 것들을 기록했다. 일기 쓸 때만 쓰던 펜은 5개월마다 닳았고, 커버가 반들반들해진 일기장은 좋아하는 옷처럼 편해졌다. 이제는 일기장을 아무 데나 들고 다니면서 쓰거나 읽는다. 거기에 내 인생이 다 들어 있는데, 그렇게 시시콜콜 재밌고 뭉클할 수가 없다.

하루하루는 바쁘고 나는 게을러서 일기는 곧잘 밀렸다. 그래서 '밀린 일기 쓰기'라는 이상한 취미도 생겼다. 메모처럼 대충 쓰더라도 매일을 기록해두겠다는 가벼운 마음가짐으로 '밀린 일기 쓰기'라는 취미를 만들어본 건데, 의외로 즐거운 취미 활동이 되었다. 어제, 그제, 엊그제. 밀린 일기를 역순으로 거꾸로 채워 나갔다. 그렇게 거꾸로 다시 살아보면, 완전히 최악이라 생각했던 하루도 어쩌다 짓궂었던 하루 정도로 순해졌다. 심난했던 기분도 하룻밤 자고 일어나면 나아져 있었다. 심지어는 엊그제 내가 왜 그렇게 심각했는지 이유조차 까먹어버리기 일쑤였다.

거꾸로 일주일 치 일기를 써보면, 그렇게 일주일을 다시 살아보면, 불과 일주일 전의 일들이 옛일처럼 아득했다. 밀린 일기를 쓰기 위해서라도 매일의 날씨와 영감, 인상 깊은 장면과 간직하고 싶은 대화 같은 것들을 메모해두었다. 일기를 쓸 때면 달콤한 걸 섭취하거나, 좋아하는 카페에 가서 혼자 시간을 보냈다. 부지런히 손을 움직이면서 칸칸이 하루를 채우며 따뜻한 커피를 홀짝이다 보면, 동그란 테이블에 일토금목수화월의 '나'들과 만나서 이야기하는 기분이 들었다.

예전에 가끔 일기를 쓸 때는 우울하거나 슬픈 감정이 대부분이었는데, 매일을 기록하다 보니 담담하고도 단단한 말들이 생겨났다. 오늘을 살고 기록하고, 또 내일을 살고 기록할 생각을 하면, 힘들거나 우울해도 그저 머물러만 있을 순 없었다. 어제는 지나갔고 내일이 다가오고 있다는, 아주 선명한 오늘의 감각. 별거 아닌 하루 치 인생을 기록하며 작은 만족감을 느꼈다. 나에게 주어진 하루를 어떻게든 잘 살아보려는 의지랄까, 그런 힘도 생겼다. 이토록 성실하게 나의 일상을 기록한 적 있었던가. 팬데믹으로 많은 것들이 사라졌지만 내가 살았던 시간들은 선명하게 남았다.

평생 일기를 썼던 작가 프란츠 카프카는 '우리에게 있는 유일한 인생, 그것은 우리의 일상'이라고 말했다. 아침에 일어나 밤에 잠든다. 그 사이 모두에게 주어지는 공평한 시간. 시시하고 사소할지라도 애써서 지키고 살아낸 나의 하루를 기억하고 싶다. 하루에 깃든 나의 사랑과 미움, 기쁨과 슬픔 같은 것들을 일기장에 모조리 적고 덮어두었다가 열어볼 때마다 기억해내고 다시 살아보고 싶다. 일기 쓰기는 가장 좋은 시간 여행법이자 가장 좋은 인생 여행법이다.

당신도 일기를 썼으면 좋겠다. 아침에 일어나 밤에 잠든다. 그러나 우리의 어제들은 선명하게 남을 것이다. 다른 모든 하루와 아주 비슷하게 생긴 단 하나의 하루, 그걸 놓치지 않고 붙잡아 쓰는 사람. 매일 조금씩 다른 하루를 사는 사람. 기록하며 기억하는 사람. 그렇게 우리는 내 인생의 작가가 된다.

늘 이만큼만 써라

「인간극장」에서 짝꿍으로 일했던 메인작가님을 만났다. 나에게 선배는 동경하는 작가이자 커다란 사람이었다. 함께 일할 때, 20년 차 대선배가 방송 만드는 모습을 가까이서 지켜보고 그가 쓴 원고를 가장 먼저 읽는 것만으로도 가슴이 도곤도곤 뛰었다.

문제는 선배도 내가 쓴 글을 가장 먼저 읽는다는 것. 취재작가인 내가 유일하게 쓸 수 있는 글은 보도자료였는데, 두 페이지에 불과한 글쓰기가 나에겐 엄청난 부담이었다. 글을 못 쓴다고 혼나는 것도 아니었다. 선배는 오히려 내 옆에 앉아 원고 쓰는 법과 구성 방향들을 차근차근 알려주었다. 처음부터 잘 쓰는 사람은 없다고 격려하면서.

지금 생각해보면 1년 차 작가에겐 당연한 일이었다. 그러나 그때 나는 글 못 쓰는 내가 부끄러웠다. 마음속에 '잘 쓰고 싶다'와 '칭찬받고 싶다'라는 욕심이 빵빵하게 차올랐고. 결국 나는 너무너무 큰 마음 때문에 주눅 들고 두려워서 한 줄도 쓰지 못하다가 마감에 쫓겨 별로인 글들을 썼다. 보내고 나서는 어김없이 후회했다.

한 번은 출연자에게 홀딱 반한 일이 있었다. 비금도에서 소금밭을 일구는 부부였다. '나는 하늘에서 소금하라고 내려줬어'라며 소박한 인생철학으로 소금밭을 일구는 남편과 '아침 동산에 떠오르는 태양처럼 남은 삶은 주위에 희망을 주며 살고 싶어'라며 활짝 웃는 아내. 두 사람 이야기를 정말 잘 만들고 싶었다.

방송작가로 일하면서 가장 즐겁게 만들었던 방송이었다. 보도자료를 쓰게 되었을 때, 적어도 그분들에게 부끄럽지 않은 글, 그분들이 만족할 수 있는 글을 쓰고 싶다고 생각했다. 러브 레터를 쓰는 심정으로 작성한 1차 보도자료를 선배에게 전송했다. 아침 7시에 회신을 받았다.

늘 이만큼만 써라. 너의 글에 주인공에 대한 애정이 살아서 팔딱이니 그게 참 좋더구나. 글이란 게 그 자리에 가만히 있는 거 같아도 에너지가 있거든.

선배에게 처음으로 받은 칭찬. 늘 이만큼만 써라. 뒷머리를 쓰다듬어주는 말에 눈물 폭 쏟았다. 결국은 진심이었구나. 내 욕심일랑 탈탈 털어내고 마음을 담아 진심으로 쓰면 되는 거구나. 욕심 말고 진심으로 쓰기. 선배의 칭찬은 나에게 나침반이 되었다. 늘 가야 할 방향을 가리키는 바늘처럼 내가 작가로서 써야 할 방향을 알려주었다. 당시에 선배는 두 살배기 아이를 키우며 둘째를 품고 만삭의 몸으로 일하던 엄마 작가였다. 그때는 몰랐다. 선배가 매일 사무실에 나와 밤새워 원고 쓰는 일이 얼마나 대단한 일이었는지.

6년이 지나 내가 쓴 책을 들고 선배를 만나러 갔다. 그사이 나도 두 아이의 엄마가 되었다. 분야는 조금 달라졌지만 여전히 글 쓰는 작가였다. 선배를 마주하자 다시 철부지 후배로 돌아갔다. 엄마가 되어보니 선배가 당시에 얼마나 힘들고 절실하게 일했는지 알 것 같다고. 나는 아직 글 쓰는 '엄마'라는 호칭이 조금 버겁다고. 내 글의 정체성이 혼란스럽다고. 쓰는 글마다 너무 진지하고 나이 든 것 같아서, 사람들이 무거워할까 봐 걱정된다고. 작가인 나도 엄마인 나도 잘하고 있는 건지, 잘할 수 있을지 두렵다고. 걱정들을 마구 쏟아냈다.

"작가에게 엄마가 되는 경험은 엄청난 축복이야. 너는 이제 이전과 같은 글은 쓸 수 없어. 엄마가 되면서 세상 보는 눈 자체가 달라졌거든. 걱정하지 마. 네가 쓰는 글은 더 좋아질 거야. 풍성해질 거야. 따뜻해질 거야. 그러니 지금처럼만 쓰렴."

늘 이만큼만 쓰라고 격려하던 선배가 지금처럼만 쓰라고 말한다. 나는 또 선배의 말에 방향을 찾는다. 내가 동경하던 글을 쓰던 작가가, 내가 고민하는 길을 앞서 걷던 사람이, 이렇게 말해주어 나는 안심하며 계속 쓸 수 있다. 헤어지고 선배가 메시지를 보내왔다.

엄마 작가 후배는 말 안 해도 짠해. 더군다나 두 아이 키우며 책 쓰는 일을 혼자 다 해냈다니, 나는 네가 너무 대견하다. 뭐든 할 수 있을 거야 그 열정이면.

엄마가 되어 선배님 만나니 더 좋아요.
우리 오래오래 글 써요.

그래. 우리 지금처럼만 쓰자.

금요일 밤마다 우는 작가

나는 프리랜서 작가다. 청탁받은 글을 써서 '종종' 밥벌이를 한다. 여기서 '종종'이라는 부사가 내 일을 깔끔하게 설명해준다. 종종. 가끔. 이따금. 때때로 일이 들어오면, 나는 글을 쓰고 돈을 받는다.

프리랜서는 자유롭게 일할 수 있지만 고정 수입이 없다. 출근하면 책상 위에 할 일이 놓여 있는 회사원처럼 규칙적인 업무가 없다. 동료도 회의도 퇴근도 없다. 아침에 책상에 앉았다가 다음 날 새벽에 일어나는 일이 허다하다. 퇴고에 퇴고를 거듭한다. 클라이언트의 마음에 들지 않는 결과물을 건네면 더 이상 작업 의뢰가 오지 않기 때문이다.

아이 둘이 생긴 후로 1년 동안은 일하지 못했다. 책상조차 없는 집에서 아이들 돌보며 키보드를 두드리는 건 불가능했다. 육아와 집안일을 해치우고 나면 어느새 자정. 일하기 위해 잠을 줄여보려 하지만, 돌봄노동에 지쳐버린 몸과 마음은 손가락 하나 까딱하지 못한다. 풀썩, 쓰러져 잠이 든다. 새벽에도 여러 번 아이들 울음에 깨고 재우고 다시 잠들고. 내일을 위해 어떻게든 꾸역꾸역 잠을 보충해야 하는 피곤한 밤을 보낸다.

평일이 아니면 주말에 일해야 한다. 그러나 가족들과 함께 보낼 수 있는 유일한 시간을 희생하면서까지 일하고 싶지 않다. 무리해서 몇몇 일을 해냈지만, 차츰 원고 청탁을 미루게 됐다. 다른 일이 생기면 꼭 다시 연락 달라고 부탁했지만, 내 사정을 이해하고 다시 찾는 클라이언트는 없다.

언제부턴가 금요병이 생겼다. 금요일 밤만 되면 우울해졌다. 온 마음에 우울이 넘실거렸다. 주중에 지친 몸과 마음에 무언가 차곡차곡 쌓이더니 찰랑 넘쳐흘렀다. 주르륵. 나는 흐르는 눈물을 닦으며 중얼거렸다.

"정말 뭐라도 쓰고 싶어."

금요일 밤마다 어쩔 도리 없이 울고 나서야 알았다. 나는 정말 글을 쓰고 싶어 하는 사람이구나. 밥벌이를 할 수 없단 사실보다 내 글을 쓰지 못한다는 사실이 사무치게 슬펐다. 그렇담 돈 버는 작가가 아니라도 글 쓰는 엄마가 되어야지. 평일에는 짬짬이 책 읽고 메모했다. 새벽까지 책 읽다 잠드는 날이 늘었지만, 다음 날 이상할 정도로 피곤하지 않았다. 주말에는 남편에게 아이들을 맡기고 오전 시간에 글을 썼다. 뭐라도 쓰지 않으면 나 자신이 사라질 것 같아 초조하고 간절한 마음으로 썼다. 그조차도 남편의 지지가 있기에 가능한 일이었다.

이것이 아이가 있는 여성 프리랜서 작가의 삶이다. 아이들이 제법 클 때까지 이 삶은 계속될 것이다. 자유로운 시간에 홀가분하게 노트북을 들고 나가 글 쓰는 시간. 언제일지 모를 멀고도 아득한 그 시간을 생각하면 가끔 턱밑까지 숨이 막힌다. 아이들을 사랑하지 않아서가 아니다. 오히려 너무 사랑해서. 좋은 엄마도 좋은 작가도 되고 싶지만 나는 시간이 없다. 나 자신이 없다.

『밥벌이로써의 글쓰기』(록산 게이 외, 정미화 옮김, 북라이프 2018)에서는 베스트셀러 작가, 엄마 작가, 페미니스트 작가, 대필 작가, 독립출판 작가, 성소수자 작가 등 지칭하는 말도 각양각색인 여러 작가가 글 쓰며 생계를 유지하는 법을 이야기한다. 작가가 된 계기와 작가의 일, 밥벌이로써의 세세한 수입까지. 그간 겪었던 고충과 조언, 작가로 사는 삶에 대한 솔직하고 현실적인 이야기가 담겨 있다.

그래서 돈 잘 버는 작가가 있었을까? 없었다. 아무리 베스트셀러 작가라고 해도 부유한 작가는 없었다. 대부분 겸업을 하거나 생계를 유지하기 위해 아등바등 프리랜서로 살고 있었다. 글만 써서는 먹고살 수 없다는 게 현실의 답. 그런데도 왜 글을 쓸까. 좋아하니까. 그저 좋아하는 일을 계속하고 싶어서 작가들은 고군분투하며 살고 있었다.

한때 나도 글만 쓰는 작가가 되고 싶단 꿈을 품고서, 선망하던 작가의 강의를 들었다. 열댓 권의 책을 쓴 유명한 동화작가가 말했다.

"기본적인 생계를 책임질 본업은 따로 있어야 해요. 그래야 글을 쓸 수 있어요. 저도 논술 선생님으로 일하고 나머지 시간에 글을 써요. 글만 써서 돈을 벌 순 없어요. 대신 저는 동화를 쓰니까 아이들을 자주 만날 수 있는 이 직업을 택했어요. 아이들을 만나면서 글감과 경험을 쌓아요. 작가는 밖에 나가서 사람들을 만나고 세상을 관찰해야 해요. 글만 쓰는 작가는 되지 마세요. 책상에만 앉아서 쓰는 글은 삶을 담을 수 없습니다. 밖으로 나가서 세상을 경험해보세요. 그게 모두 작가의 일이에요."

내가 생각했던 이상과 현실은 달랐다. 이후로도 동경하는 작가들을 만나봤지만 모두 비슷했다. 기자, 편집자, 방과후 교실 선생님, 한국어 교사, 때로는 문학과 전혀 상관

없는 일을 하며 글 쓰는 작가도 있었다. 그 후로 나도 방송 작가 경력을 살려 영상 구성이나 카피라이팅 작업을 했고, 종종 청탁받은 원고를 쓰며 프리랜서 작가로 일했다. 그리고 나머지 시간에 내 글을 썼다. 프리랜서 작가로 일하며 깨달았다. 상업적인 글을 쓰는 것도, 글쓰기와 상관없는 일을 하는 것도 결국 모두 작가의 일이라는 것. 글을 쓰는 것만이 작가의 일은 아니다. 보고 듣고 묻고 노동하고 걷고 생각하는 일 전부가 작가의 일이다. 글쓰기는 그렇게 모든 감각으로 경험한 것들을 옮겨 담는 과정이었다.

『밥벌이로써의 글쓰기』에서 작가 메건 오코넬의 이야기는 내 마음 같았다. 그는 엄마가 되고 나서야 진짜 작가가 되었다고 고백한다.

나는 글쓰기를 생각했고 글을 쓰는 공상을 했다. 아기를 돌보는 단조로운 일상에 갇혀 있으면서 머릿속으로는 에세이를 썼다. (중략) 더 이상 우물쭈물하거나 결말을 추측할 시간이 없었다. 정당하게 글 쓰는 시간을 마련하려면 글쓰기를 진지하게 생각해야 했다. 온전한 정신 상태를 유지하기 위해 글을 계속 써야 했다. 앞으로 글쓰기를 계속할 수 있으려면 계속 써야만 했다. 새로 맡은 엄마라는 역할과 여기서 비롯된 혼돈 속에서 내가 알고 있던 것에 매달렸다. 내 인생의 다른 모든 것으로부터 엄마 역할을 지키기 위해 글을 써야 했다.

－『밥벌이로써의 글쓰기』, 71～72면

왜 금요일 밤마다 울면서 글쓰기를 갈망했는지 선명해졌다. 나는 나 자신을 지키고 싶었고, 내 인생의 다른 모든 것으로부터 엄마 역할도 지키고 싶었다. 이제야 좀 후련해졌다. 벌어진 현실을 받아들이고 내가 할 수 있는 일을 해야 한다. 지금처럼 글 쓰는 엄마로 살아가면 되는 것이다.

언젠가 만난 여성 소설가는 자신은 아이를 낳지 않기로 결심했다고 말했다. 만약 다시 돌아갈 수 있다면 비혼으로 살겠다고. 한국에서 결혼한 여성 작가로 사는 일이 이렇게 힘든 것인지 몰랐다고. 자신은 아내와 며느리, 엄마가 아닌 소설가로 살고 싶다고 했다. 그의 말처럼 여성 작가로 사는 일은 녹록지 않다. 유명하지도 않고, 아이가 둘인 프리랜서 작가는 더욱 고달프다. 그래도 계속 쓰고 싶다. 금요일 밤마다 울더라도. 숨이 턱까지 차오르더라도. 밥벌이 안 되는 글을 쓰더라도. 나는 계속 쓰고 싶다. 나 자신을 지키기 위해. 엄마 역할을 지키기 위해.

엄마가 되고 나는 글쓰기에 진지해졌다. 매일 글쓰기를 생각하고 구상한다. 아이들을 재우며 머릿속으로 글을 쓴다. 온전한 정신상태를 유지하기 위해 잘 먹고 잘 자고 자주 걷는다. 글 쓰는 시간이 생기면, 그간 머릿속으로 써온 글을 옮겨 적는다. 손끝으로 쉴 새 없이 글이 쏟아진다. 실패하더라도 낙담은 짧게. 언제든 다시 시작한다. 글쓰기는 진지하고 간절하지만 버겁지 않다. 그저 쓸 수 있기에 단순하게 행복하다. 글을 써서 돈을 버는 방법도 단순하다. 계속 쓰다 보면 글이 좋아지고, 사람들이 알아봐주고, 책을 쓰게 되고, 일이 들어오고, 일을 하고 돈을 번다. 밥벌이하는 작가가 된다.

계속 글을 쓴다. 여전히 시간은 없지만 나 자신이 있다. 아이들은 여섯 살이 되었다. 나는 에세이와 책 작업뿐만 아니라 영상 구성과 아동문학을 쓰며 글쓰기를 가르치는 교수로 밥벌이하는 작가가 되었다. 생명을 낳고 키우는 엄마가 된 경험이야말로 모든 글쓰기의 영감과 역량이 되어주었다. 계속 쓰며 살아가는 게 작가의 일. 나는 한 번도 작가이지 않은 순간이 없었다. 이제는 금요일 밤마다 울지 않는다.

마음은 편지로

좋아하는 사람을 만날 때마다 손 편지를 적어주는 취미가 있다. 편지는 여러 장일 때도, 손바닥만 한 작은 엽서일 때도 있다. 직접 고른 책의 속지일 때도 많다. 누군가에게 선물을 줄 때도 반드시 편지와 함께 준다. 달랑 선물만주고 나면 어쩐지 마음을 제대로 전하지 못한 것 같은 아쉬움이 들어 아주 짧더라도, 축하해, 고마워, 건강해, 힘내, 사랑해. 손 글씨로 적어 건넨다. 생일을 맞이한 엄마에게는 내가 쓴 책을 선물하면서 페이지에 고마운 마음을 적어보냈다.

엄마, 아이들을 키우면서 놀라곤 해. 누군가를 이만큼 사랑할 수 있다는 거, 그리고 나도 그런 사랑을 받으며 자랐다는 게 너무 신기해서. 엄마가 나에게 준 사랑이 나를 작가로, 엄마로 자라게 했어. 고마워 엄마. 사랑해.

20년 지기가 결혼하던 날에는 축의금과 긴 편지를 함께 넣어 건넸다.

기원아, 너에겐 미안함보다 고마움이 커. 너한테 늘 받기만 하고 의지만 했는데도 미안하기는커녕 고맙기만 하다. 이런 마음이 되게 염치없고 이기적인 거 아닐까 걱정했었어. 그런데 어디선가 이런 얘기를 들었어. 누군가에게 받았던 마음을 떠올렸을 때, 미안하면 내 마음에 짐이 있는 거고. 고맙다면 그 사람을 정말로 사랑하는 거라고. 너는 나에게 고마운 사람이더라. 내가 정말로 사랑하는 사람.

힘든 시간을 보내는 지인에게는 울라브 하우게 시집을 선물하며 속지에 조심스러운 진심을 적어 보냈다.

우리에게 얼마나 많은 좋은 일과 나쁜 일이 올까요. 어떤 날들이든 힘이 되어주고 싶어요. 부디 따뜻함을 잃지 말기를. 시집에서 제가 아끼는 구절을 나눕니다. '꽃노래는 많으니 나는 가시를 노래합니다. 뿌리도 노래합니다.'

글쓰기 수업을 함께한 학우들에게는 연필 한 자루와 작은 노트를 선물하며 노트 앞 장에 마지막 인사를 남겼다.

　그동안 기꺼이 마음 써주셔서 고맙습니다. 함께여서 행복했습니다. 우리 쓰는 사람으로 살아요.

　독자에게 사인을 남길 때도 그렇다. 특별한 사인이 없는 대신 짧은 메시지를 적어준다. '누구나 누군가의 별', '당신 삶이 아름다워요', '늘 따뜻하길', '사랑하고야 마는 마음을 담아'. 독자에게 편지를 보낸다고 생각한다.

　편지 쓰는 일에는 시간과 정성이 많이 든다. 한 사람을 생각하며 편지지를 고르고 빈 종이에 빼곡히 마음을 써 내려가는 일. 쓰는 동안 종이 위에는 나와 수신인 둘뿐, 시끄러운 세상도 잠시 고요해진다. 쓰다 보면 쑥스럽기도 하고 글씨가 틀리거나 문장이 꼬이기도 한다. 하지만 서툴더라도 조금 헤매더라도, 찬찬히 써 내려갈수록 상대의 마음을 헤아리게 된다. 내 마음 역시 명료해진다. 단 한 사람을 향한 이야기. 그렇기에 편지는 가장 진솔한 방식의 고백 아닐까.

　우리는 매일 수많은 말들을 주고받고 살지만, 정작 하고 싶은 말들은 마음에 숨겨두곤 한다. 진지하기가 영 쑥스러워서, 자주 만날 수가 없어서, 세상살이가 바쁘고 건조해서. 말로 다 전할 수 없는 마음이 있고, 떨어져 있기에 전할 수 있는 마음이 있다. 오래도록 간직하고 싶은 마음도 있다. 그런 마음의 말들을 전하기에 휴대폰 메시지는 너무 가볍고 전화 통화는 역시나 부담스럽다. 그럴 때 편지를 쓰자.

아무래도 편지 쓰기가 어렵다면 내가 자주 사용하는 좋은 방법을 알려주고 싶다. 좋아하는 책이나 시집 한 권을 골라 속지에 편지를 써서 선물하는 것이다. 내가 전하고픈 메시지가 담긴 책이라면 더욱 좋다. 속지에 짧은 편지와 날짜와 장소를 남겨둔다. 그럼 세상에 단 하나뿐인 책편지가 된다. 작고 가볍고 부담스럽지 않으면서도 의미 있는 선물이다.

선물 받은 이는 시간이 흘러도 반가울 것이다. 기쁠 것이다. 책 사이에 끼워둔 봄의 벚꽃과 가을의 은행잎처럼, 꺼내 읽을 때마다 당신을 발견하고 떠올릴 테니까. 마음은 오래 그곳에 남아 살아간다.

매일 답글 다는 작가

내 하루의 주요한 업무는 답글을 다는 일이다. 연재하는 글의 소감, 리추얼 메이트들의 문장 일기, 매일의 순간을 기록하는 라이팅 클럽에도 답글을 남긴다. 하루 동안 내가 남긴 답글들을 세어보니 50개가 넘었다. 50개의 다 다른 이야기를 읽고 50개의 다 다른 대답을 남긴다는 건, 생각보다 많은 시간과 마음이 드는 일이다. 허투루 답하고 싶지는 않다. 무엇보다 다른 사람들은 어떤 마음으로 무얼 하며 사는지 궁금해서, 나에게 하는 말들을 꼼꼼히 읽고 답해본다. 당신의 이야기를 잘 들었다는 끄덕임과 웃음과 눈 맞춤까지, 최선으로 담아.

글로 만난 사람들은 나에게 이야기한다. 창가에서 노는 아기의 정수리에 고인 빛이 예뻐서 코를 대어봤더니, 따뜻한 아기 냄새가 났어요. 오늘은 사실 조금 슬픈 날이어요,

슬픔이 설탕처럼 서걱거렸어요. 버스에서 책을 읽었어요, 뭐라도 읽지 않으면 내가 없는 것 같아요. 특수학교 아이들이 만든 음료를 마셨어요, 아이들도 선생님들도 너무나 노력했고 그 노력이 더없이 빛나요. 하루 종일 반짝이는 순간이 없을 거라 생각했지만, 언니가 식사와 아이스크림을 챙겨줬어요. 그 누구의 잘못도 아니었어요, 다시 그때로 돌아간다면 꼭 말해주고 싶어요. 작가님 글 저도 함께 울면서 읽었어요, 내 이야기인 것처럼 슬프고 아프고 또 힘 있게 위로가 되었어요.

글로 만난 사람들에게 나는 이야기한다. 햇볕에 데워진 따뜻한 아기 냄새. 그 냄새를 아는 사람은 얼마 없지요. 이 소중한 하루를 기억해요. 슬프고 불행하더라도 조그맣게 반짝이는 순간은 언제나 있어요. 죄책감 없이 붙잡기를 바라요. 잠시라도 힘껏 행복해지기를. 마음을 보내요. 잊지 못할 찰나입니다. 이 순간을 문장으로 남겨둔 당신은 앞으로도 오래 쓰는 사람이 될 것 같아요. 너무 좋아요. 그 누구의 잘못도 아니에요. 우리는 무사히 잘 자라주었어요. 삶이란 참 이상해요. 신기하고요. 그래서 더 잘 살아보고 싶어요. 삶이 아름다운 것 같거든요.

사람, 삶, 대화라는 화두는 평범하고 진부하고 때론 감성적이라며, 뻔하고 하찮게 여기곤 한다. 그러나 나는 그런 것들이야말로 중요하다고 생각한다. 하루에 단 한 번이라도, 한 사람의 이야기를 진지하게 들어준 적 있는지. 어떤 대답을 해줘야 할지 고민해본 적 있는지. 사려 깊은 말 한마디를 건네본 적 있는지. 오가는 그런 말들에 마음이 움직인 적 있는지. 그런 순간들은 정말이지 뻔하지 않다. 하찮지 않다.

매일 나는 잠시 다른 사람이 되어 다르게 보고 다르게 생각하고 다른 마음으로 살아본다. 사람이 잘 자라주어 기특하다. 이상하고 신기한 삶이 아름답다. 내가 고르고 고른 한 마디가 힘이 된다면 흐뭇한 일이다. 어느새 나는, 내가 나라는 게 더는 지긋지긋하지 않다. 잘 살아보고 싶어진다. 사람과 삶이 아름다운 것 같아서.

아침마다 떠나는 여행

매일 아침 떠날 준비를 한다. 해 뜨기 전, 한밤처럼 캄캄하고 고요한 새벽 즈음이 가장 좋다. 창문 커튼을 걷고 머그잔에 따뜻한 커피를 담아서 조금 낡았지만 단단한 패브릭 소파 구석에 쪼그려 앉는다. 노란 불빛 간이 독서등을 켠다. 가슴팍에 쿠션 두 개를 받치고 바람 같은 긴 숨을 내쉰 후에 책을 붙잡는다. 책을 연다. 책을 읽는다. 책으로 떠난다.

내가 떠나 있는 동안 아침이 온다. 서두르지 않는 조용하고도 단순한 몸짓으로. 아침의 기척을 알아차리지 못할 정도로 책에 흠뻑 빠져 있었다면 뿌듯할 일이다. 마지막 책장을 덮고 고개를 들면 어느새 아침이 와 있다. 방 안에 깨끗한 빛이 고여 있다. 내 안에도 깨끗한 여운이 고여 있다. 책 한 권을 다 읽고도 아침 8시께. 아무 말도 없이 한동안 앉아 있다. 지금 이 마음을 온전히 느끼고 싶어서.

나는 떠났다가 기쁘게 도착했다. 책을 들고 떠났다가 도착한 곳은 낡은 패브릭 소파 한구석. 어김없이 제자리지만 나는 조금 달라져 있다. 내가 아닌 다른 인생을 충실히 살아본 마음, 죽었다가 다시 태어난 것 같은 충만한 마음. 나에게 주어진 일상과 내 곁에 있는 사람들 하나하나 소중해서 잃어버리고 싶지 않다. 다시, 잘 살아보고 싶은 삶의 의지가 단단하게 나를 붙잡아 껴안는다.

> 독서는 제게 여흥이고 휴식이고 위로고 내 작은 자살이에요. 세상이 못 견디겠으면 책을 들고 쪼그려 눕죠. 그건 내가 모든 걸 잊고 떠날 수 있게 해주는 작은 우주선이에요.
> ─수전 손택, 조너선 콧, 『수전 손택의 말』(김선형 옮김, 마음산책 2015), 66면

작가로 글 쓰기 시작할 즈음에 메모해두었던 수전 손택의 말은 마치 나에게 이렇게 말하는 것 같다. '대단한 걸 깨달을 필요는 없어. 반드시 지구 반대편으로 떠날 필요도 없어. 언제든 네 자리에서 책을 들고 쪼그려 앉으면 돼'라고.

그래서 나는 매일 아침 책을 들고 떠났다가 돌아온다. 오로지 원하는 책 한 권만 손에 들고서 작은 우주선에 몸을 싣는다. 그렇게 떠났다가 돌아와서 다시 태어난 것 같은 마음으로 살아가는 나의 하루를, 사람들은 알아채지 못한다. 나만 알고 있다. 이상하고 자유롭고 충실하고 충만한 내 인생의 비밀. 언제 어디서든 아침과 책이면 충분하다. 그것들은 눈을 뜨면 손을 뻗으면 언제고 내 곁에 있다.

겨울 아침은 오래 떠날 수 있다. 밤이 긴 겨울은 아침 7시가 지나도 달이 환하게 느껴질 만큼 캄캄하다. 다른 계절보다 일어나기 힘든 아침이지만 덕분에 아이들은 곤히 자고, 나는 그게 고맙다. 나의 엄마도 아침마다 떠나는 사람이었다. 어린 시절을 돌아보면 엄마는 늘 이른 아침에 깨어 있었다. 가끔 일찍 깨어 밖으로 나왔을 때 '엄마 뭐해?' 물으면, 엄마는 '아직 더 자도 돼'라고 대답했다. 생각해보면 질문에 맞는 답이 아니었다. 커피를 마시며 책을 읽던 엄마. 다 자란 후에도 엄마는 늦잠 자는 나를 깨우지 않았다. 그 이유를 이제야 안다.

엄마가 되고 엄마처럼 아침을 보낸다. 어둑한 거실을 조용히 걸어가 뜨거운 물을 데우고 믹스커피를 탄다. 흐린 조명을 켜고 커피를 마시면서 책 읽는 아침. 아침은 엄마의 시간이다. 가끔 기척에 아이들이 깨어 나오면 '아직 잘 시간이야.' 다시 눕히고 이불을 덮어준다. 바깥의 시간을 아직 누리고픈 마음으로 토닥토닥. 엄마의 손길은 그래서 다정했었나.

애기야. 아직 일어날 시간이 아니란다. 아무 걱정하지 말고 이불 폭 덮고서 조금 더 자렴. 엄마는 아직 돌아올 시간이 아니란다. 토닥토닥. 그때로 돌아간다면 깨어나도 모른 척 누워 있어야지. 몇 페이지라도 엄마가 책 속에 머물 수 있도록. 아침은 순식간에 밝아오지만, 그래도. 그래도.

어김없이 아침은 온다. 나는 책을 들고 떠났다가 기쁘게 도착할 것이다. 다시, 나의 자리로.

21그램의 기억만을 남긴다면

영혼의 무게를 재는 실험이 있었다. 1907년 미국 의사 던컨 맥두걸은 초정밀 저울을 만들어 임종 직전의 환자 여섯 명의 체중 변화를 기록했다. 모두 세상을 떠난 순간 21그램이 줄었다. 맥두걸은 그 순간을 논문에 이렇게 적었다. '갑자기, 환자의 죽음과 동시에 저울대 끝부분이 빠르게 떨어졌다. 그리고 눈금은 다시는 올라가지 않았다. 줄어든 무게는 4분의 3온스(약 21그램). 영혼이 빠져나간 무게였다'라고. 그러나 이 가설은 실험 방식 신뢰도가 낮아서 받아들여지지 않았다.

그로부터 100년 뒤, 스웨덴의 룬데 박사팀이 정밀 컴퓨터 제어장치로 이 실험의 진위를 검증해보았다. 놀랍게도 사람의 체중은 21.26214그램 줄어들었다.

한때 푹 빠져 애정했던 알레한드로 곤살레스 이냐리투

감독의 영화 「21그램」을 보고 나는 이 가설을 알게 되었다. 영혼의 무게가 21그램이라는 얘기는 가설에 불과했지만, 너무도 흥미로워서 믿고 싶었다.

우리 모두 죽는 순간에 21그램의 무게가 빠져나간다. 영혼의 무게 21그램. 니켈 동전 다섯 개, 초콜릿 바 한 개, 벌새 한 마리의 무게다. 저마다의 영혼에게 21그램은 어떤 무게로 환산될까. 나에겐 A4용지 네 장의 무게로 남는다. 빈 종이 네 장에 기록해서 가져가고 싶은 삶의 기억, 나는 그걸 '21그램의 기억'이라고 부른다.

고레에다 히로카즈 감독의 영화 「원더풀 라이프」에서 죽은 이들은 세상을 떠나는 여정 중에 중간 정류장 같은 '림보'에서 일주일간 머무르게 된다. 머무는 동안 자신의 인생을 되돌아보며 가장 좋았던 기억을 찾고, 그 기억을 영상으로 재현한다. 마지막 날에는 그렇게 만든 각자의 영상을 함께 관람하고 천국으로 떠난다. 생전의 모든 기억은 지워지고 행복했던 기억만 간직한 채로. 간직하고 싶은 단 하나의 기억. 나에겐 이 마지막 기억이 '21그램의 기억'이다. 만일 내가 내일 죽는다면, 다음 생에도 가져가고픈 기억은 뭘까. 글을 쓰고 있는 현재 나의 21그램의 기억은.

비 갠 초여름 오후. 느릿느릿 저녁이 오려는 5시쯤. 아이들과 손을 잡고 집으로 돌아오는 길이었다. 아이들은 물웅덩이를 찰박찰박 밟으며 걷다가, 지나가는 길고양이를 따라 걷다가, 풀 하나 꽃 하나 개미 하나 지나치질 못하고 멈칫하며 걷다가, 쪼그려 앉아서 떨어지는 물방울에 물웅덩이에 맺힌 하늘이 동그랗게 일렁이는 걸 지켜보았다. 엄마, 이 동그라미는 뭐야? 하늘이 바다처럼 움직여.

그러다 갑자기 사랑을 표현하는 경쟁이 일었다. 하늘만큼 엄마를 사랑해. 우주만큼 엄마를 사랑해. 첫째는 "명왕성보다 더 멀리 엄마를 사랑해." 둘째는 "맨 끝의 숫자만큼 엄마를 사랑해"라고 나에게 말해주었다. 우주는 끝을 몰라, 숫자는 끝이 없어,라고 말해주자, 그러니까 그만큼이나 사랑하는 거라며 끌어안고 뽀뽀를 퍼붓는 아이들. 우리는 가게에서 공들여 아이스크림을 골라 하나씩 손에 쥐고 먹으면서 걸었다. 아이스크림 색깔로 물들어 저물던 하늘. 울고 난 얼굴처럼 말간 여름의 풍경. 함께 돌아갈 집이 있다는 근심 없는 마음. 길어진 그림자를 밟으며 우리 셋 나란히 걸어가던 저녁의 기억. 나의 21그램의 기억이다.

내일과 내일을 살다 보면 또 다른 기억이 쌓일 테지만,

나는 알고 있다. 지금 가장 행복한 인생의 시기를 지나고 있다는 걸. 살아서 자라는 것들은 작고 아름답고 신기하다. 그 작은 존재들을 아낌없이 사랑하고 있다. 내 허리춤에 닿는 아이들과 손잡고 종알거리며 걷고 안고 사랑하는 이 시기가 평생 나를 살게 할 거라는 걸 안다. 잃어버리고 싶지 않아서, 예쁜 돌멩이 하나를 손에 꽉 쥐고 돌아오는 아이들처럼 내 마음도 초조하고 간절하다. 기록하려 노력하지만, 기록만 하다가 함께인 시간을 놓쳐버릴까 봐 재차 초조해져 돌아본다. 살아 있고, 살고 싶다는 마음이 여름처럼 생생한 나날들. 살고 싶다는 마음은 이렇게나 초조한 거구나.

꿈과 가설과 영화와 일기 같은 이야기를 잔뜩 쓰고선 '믿거나 말거나'라고 마무리하고 싶지 않다. 믿거나 말거나가 아니라 나는 믿고 있는 이야기. 영혼의 무게 21그램과 21그램의 기억을 믿는 나는, 이후의 생도 그래서 분명하다. 다시 태어난대도 나는 나일 거다. 전생의 21그램의 기억을 간직한 나. 그래서 나는 다시 태어날 때마다 슬플 것이다. 다 지워버리고도 유일하게 남은 21그램의 기억이 나를 울게 할 테니까. 그래서 다시 다짐하겠지. 이 생을 사랑해야만 한다고.

A4용지 네 장을 채울 정도의 단 하나의 이야기를 가져간다면 무얼 가져갈까. 나, 만일 그렇게 100만 번 다시 산다면, 네 장씩 쌓일 100만 번의 이야기는 얼마나 아름다울까. 터무니없지만 믿어보고 싶은 상상을 한다. 그래서인가. 자꾸만 어떤 이야기를 쓰고 싶다. 돌아서면 잊어버리고 마는 어제들이 아쉬워서. 죽고 나면 사라질 사랑의 기억들이 슬퍼서. 살아 있기에 초조하고 간절했던 삶이 반짝여서. 그렇게 살다가 쓰다가, 끝내 21그램으로 사라질 나는, 가벼울까 무거울까.

아름답게 시작되고 있었다

초여름, 어느 복지관 글쓰기 수업에서 우리의 이야기가 시작되었다. 할머니 여덟 분과 한 달 동안 글을 썼다. 우리는 서로를 선생님이라 부르며, 동그랗게 둘러앉아 써온 글을 낭독하고 나누며 시간을 보냈다. 그중에서도 고운 눈을 가진 선생님 한 분을 잊을 수 없다.

단정한 백발에 소녀 같은 미소를 머금고 손수 만든 원피스를 입고 오시던 일흔의 할머니. 태어나 처음 써본 선생님의 글은 손자에게 보내는 손 편지였다. "나는 너를……."

첫 문장을 읽자마자 선생님은 우셨다. 감정이 북받쳐서 목소리가 떨리고 쉴 새 없이 눈물이 흘렀다. 그러는 바람에 편지 내용을 알아들을 수 없을 정도로 낭독이 더디고 어려웠다.

선생님은 10여 년 전 아들을 먼저 보내고 홀로 남은 손자를 키우셨다. 그 애에겐 할머니가 엄마인 셈. 참 착했던 아이였는데 사춘기에 접어들자 방황하기 시작했다. 손자를 붙잡아주고 이끌어주고 싶은데 어떻게 해야 할지 너무 어렵다 하셨다. 참견하거나 다그치고 싶진 않다고. 어떻게 아이의 마음을 헤아릴까, 어떻게 더 사랑을 줘야 할까. 선생님은 애정 어린 마음으로 손자를 지켜보고 계셨다. 누구에게도 하지 못했던 이야기를, 진심으로 꾹꾹 눌러쓴 편지를, 선생님은 울면서도 끝까지 읽으셨다. 낭독이 끝나고 박수가 쏟아졌다. 나도 눈물 꾹 참으며 깨끗한 칭찬을 드렸다.

"선생님, 감사해요. 끝까지 글을 읽으신 선생님이 정말 자랑스러워요."

모두 자식을 낳고 키워본 어르신들이기에 진심 어린 말들이 오갔다. 사랑을 줄 수밖에요. 자식들이 다 우리 맘 같지 않지만, 그래도 아이를 믿어봐요. 스스로 깨닫고 돌아올 거예요. 맘고생 많았어요. 다 괜찮을 거예요. 그저 그런 위로가 아니라, 겪어본 마음에서 우러난 담담하고도 굳센 말들이었다. 선생님은 마음속 응어리를 눈물로 흘려보내고 한결 후련해지셨는지 환하게 웃었다.

하루는 가장 먼저 교실에 도착해 글 쓰고 있는 선생님을 보았다. 아침의 교실. 선생님은 등을 구부리고 집중한 채 연필로 무언가 쓰고 있었다. 고요한 그 모습이 너무 아름다워서 나는 한참을 바라보았다. 쉬는 시간에 공책을 봐도 되겠냐며 선생님 옆자리에 앉았다. 공책에는 똑같은 글이 여러 장 써 있었다. 선생님은 자기 글씨가 부끄러워서 몇 번이나 똑같은 글을 깜지처럼 적으셨던 거였다. 꾹꾹 눌러 쓰고 줄 긋고 덧쓰고 다시 쓰고. 큼지막한 글자들이 또박또박 힘주어 적혀 있었다.

"이것만으로도 충분해요."

선생님이 내 눈을 마주 보셨다.

"사실은 고수리 선생님 책을 읽어봤어요. 정말 잘 자랐어요. 대견해요."

등을 토닥여주셨다. 눈시울까지 붉히시며. 선생님의 손이 느껴졌다. 그 손은 홀로 남매를 키운 우리 엄마의 손이었다가, 물질로 육남매를 먹여 살린 할머니의 손이었다가, 어린 손자를 어루만지고 타인을 쓰다듬는 선생님의 손이 되었다. 선생님의 작은 손바닥에 마음이 데인 듯 뜨거워졌다.

네 번의 만남 동안 우리는 속 깊은 이야기를 나누었다. 60년 넘게 불린 자신의 이름에 대한 단상, 돌아가신 엄마가 만들어주셨던 음식의 추억, 먼저 세상을 떠난 단짝 친구에 대한 그리움, 30년 동안 살아온 집의 풍경, 강아지 같은 손주들을 바라보는 행복, 아흔네 살 노모를 돌보는 칠순 딸의 마음. 선생님들은 삶에서 아주 작은 것들까지 발견하고 감응하는 능력을 가지고 계셨다. 살아본 만큼 너그러울 수 있는, 결코 쉽게 얻을 수 없는 능력이었다.

우리가 나눈 이야기 속에서 선생님들은 나의 언니였다가 이모였다가 엄마였다가 할머니가 되었다. 뭉클한 마음에 가만히 교실을 둘러보면, 선생님들은 나를 키워준 여자들의 얼굴을 하고 있었다. 평생 일구었던 신산했던 삶이 주름진 손끝에서 새롭게 시작되었다. 꾹꾹 눌러쓴 그 이야기들은 아름답기 그지없었다.

어떤 이야기가,

어떤 인생이,

어떤 시작이

아름답게 시작된다는 것은 무엇일까

새해 첫날 일기장에 진은영 시인의 「아름답게 시작되는 시」(『훔쳐가는 노래』 창비 2012)의 문장을 적어두었다. 선생님들과 만나는 동안 이 문장에 대한 답을 어렴풋이 알 수 있었다. 마지막 수업을 마치고 나는 울 듯한 이상한 마음이 되어 길을 걸었다. 나무들이 짙어졌고, 하늘이 높아졌다. 그사이 나는 조금 자라 있었다.

선생님들을 다시 만날 수 있을까. 끝내 슬퍼지려는 찰나. '괜찮아.' 따듯한 바람이 분다. 잘 자라라고. 잘 살아가라고. 선생님들이 손바닥으로 나를 밀어주는 것 같다. 우리는 헤어진 사람들이 아니라 만나본 사람들이었다. 쓸 때마다 이 만남을 기억해야지. 마음속에 무언가, 아름답게 시작되고 있었다.

계속 쓰는 마음

첫 책을 쓰고 나면 아무 일도 일어나지 않는다. 내 인생 힘주어 담았지만 내 인생 바꿀 만한 대단한 일들, 이를테면 부와 명예와 인기와 호평과 어쩌면 조그만 반응조차도 없을지 모른다. 뭐랄까. 잔잔한 호수에 돌을 던져본 사람 같달까. 뭔가 대단한 일이 생길 거라 기대하지만, 요란한 소리는 찰나일 뿐. 무거운 돌은 보이지 않는 아래로 빠르게 가라앉는다. 아무 일도 없다. 동그란 자리 위로 작고 조용한 동심원만 퍼져 나간다.

사라진 돌, 서서히 퍼져 나가는 원을 가만히 보고 있자면 두려워진다. 그사이 온갖 사사로운 마음들을 모조리 느낀다. 절망, 우울, 허무, 후회, 자책 같은 것들. 이내 초조해진다. 내가 다시 글을 쓸 수 있을까. 이미 내 인생에 커다란 이야기를 다 써버리고 말았는데, 나에게 다시 쓸 이야기가 있을까. 오래 공들인 시간과 마음과 노동이 무색하도록 글쓰기는 인생을 대단하게 바꾸지 못한다. 풀 죽은 작가에게, 그리고 과거의 나에게 다가가 말해주고 싶다.

"저길 봐. 사라진 자리 말고, 서서히 넓어지는 원을 봐. 이게 네가 한 일이야."

단지 내 인생 일부를 뜨겁게 써보았단 이유로, 내 인생 바꿔볼 만한 대단한 무언갈 기대했던 걸까. 두 번째 책을 쓰고도, 세 번째 책을 쓰고도 그랬다. 나에게 대단한 일은 일어나지 않았다. 그러나 때때로 작은 이야기들이 찾아왔다. 글쓰기의 기쁨과 슬픔, 자잘한 감정과 마음, 우연한 만남, 간직하고픈 대화, 지나가는 계절의 실감, 오늘에만 반짝이는 오늘의 인생. 그런 작은 이야기를 썼다. 계속 써보았다.

내가 만든 원은 조금씩 커졌다. 서서히 넓어지다가 겹쳐지고 움직이고 넘실거리고, 물결이 일었다. 물결은 나아가게 하지만, 흔들리게도 한다. 가까이에 작고 소중한 이야기를 써야지, 다짐하면서도 매 순간 흔들렸다. 잘 쓰고 싶어서. 많이 쓰고 싶어서. 더 더 커다란 돌을 주워 저 멀리 던져보고픈 욕심이 차올랐다.

"다들 너무 잘 쓰셔서 제 글이 부끄러워요." 글 쓰는 학우들에게 가장 많이 듣는 말. "저마다 고유한 이야기가 있고 문체가 있는걸요. 진솔한 글이라면 세상에 못 쓴 글은 없어요. 걱정 말고 계속 쓰세요." 때마다 격려한다.

그러나 실은 거의 모든 수업에서 나는 좌절한다. 부끄럽다 고백하는 학우들의 글이 너무 좋아서, 너무 부러워서 좌절한다. 처음으로 꺼낸 솔직한 이야기, 뜨거운 날것의 글을 만날 때면 더더욱 그렇다. 내가 계속 글을 써도 될까. 좋은 글들이 이렇게나 많은데 내가 왜 작가라는 거지? 작가로서 자신감이 뚝뚝 떨어지고 마음이 한없이 작아지다가 끝내 반성하게 된다. 내가 보여주기 위해 꾸며낸 글을 쓴 건 아닌지 하고.

글을 잘 쓴다는 게 뭘까. 잘 쓰고 싶다. 인정받고 싶다. 강박에 휩싸일 때마다 무거운 꿈을 꿨다. 학창 시절로 돌아가 백일장에 나가는 꿈. 어린 초보자인 나에겐 권위와 힘이 없고, 떠밀리듯 경쟁에 참여해야 한다.

학창 시절 나는 학교 대표로 백일장에 나가던 백일장 키드였다. 하지만 성과는 고만고만했다. '좋은 상을 받아야 해!' 득실득실한 욕심으로 쓴 글은 대부분 우수상이나 장

려상에 그쳤고, 그런 상을 받고 돌아오는 날에는 언제나 우울했다. 등수가 이만치 밀려나 있다는 열패감보다 내가 나답지 않은 글을 썼다는 자괴감이 훨씬 깊었다. 글쓰기가 두려웠다. 글 속에 내가 나처럼 느껴지지 않아서 무서웠다.

'쓰고 싶다'는 마음을 버리지 못하고 돌고 돌아 지금은 매일 쓰는 사람이 되었다. '잘 쓰고 싶다'는 바람은 여전한데 의미가 달라졌다. '아름답고 훌륭하게' 잘 쓰는 게 아니라 '유감없이 충분하게' 잘 쓰고 싶다. 기능 말고 마음으로. 타인의 평가 말고 나만의 중심을 지키며 잘 써보고 싶다.

매일 글을 쓰면서도 글 쓰는 사람이 부럽다. 처음 글 쓰는 사람도 부럽고, 계속 글 쓰는 사람도 부럽다. 처음 글 쓰는 사람이 갓 꺼낸 팔딱이는 이야기와 순전한 초심이 부럽다. 계속 글 쓰는 사람이 꾸준한 성실함과 차분한 담대함으로 다져온 자기만의 세계가 부럽다. 어쩔 수 없지만 그래도 다짐해본다. 부러워하더라도, 부끄러워하지는 말아야지.

얼마 전에도 백일장에 나가는 꿈을 꿨다. 그런데 이번에는 달랐다. "저는 글을 쓰지 않겠어요"라고 작지만 분명한 목소리로 말하고 나는 문을 열고 나왔다. 꿈속을 걸어 나오자 아침이었다. 두려움을 무릅쓰고 무언갈 해낸 사람의 미미한 떨림이 깨어나서도 느껴졌다. 일어나자마자 꿈을 기록해두었다. 흰 모니터에 활자로 적어둔 내 모습이 여러 번 읽어보아도 마음에 들었다.

요즘은 글을 쓰지 않는 날도 잦다. 삶이 커다래져 글을 포기해야 할 때가 많다. 작업 중이던 책 출간을 내년으로 미뤘다. 돌봄과 작업을 동시에 진행하기에 도무지 시간이 없었다. 고심하다가 어렵게 일정을 미루자 내 걸음이 더뎌진 기분이 들었다. 식사와 약속과 산책과 가족과의 시간을 포기한다면, 그 시간에 글만 쓴다면 작업이 가능할 테지만, 그러고 싶지 않았다. 글이 삶보다 커져서 소중한 것들을 뒷전으로 미루고 싶지 않았다.

삶에서 가장 중요한 게 뭘까 생각해보면, 나에겐 글보단 삶이다. 쓰는 일을 사랑하지만 그래도 글보다 삶이 크다. 좋아하는 사람들과 맛있는 저녁 식사, 아름다운 풍경에 숨어 빈둥거리는 소풍, 딴생각에 빠져 마음대로 걸어보는 산책. 작지만 보편적인 기쁨과 소소하고 착한 행복들을 누리고 싶다. 마음을 쓴다는 말은, 시간을 쓴다는 말과 같다. 나는 삶에 충분한 시간을 쓰기로. 그래서 조금 천천히 가기로 했다. 동료 작가 유진과 메시지를 나눴다.

작업을 미루기로 했어요. 빨리 가고 싶은 마음도
있지만, 삶을 지키면서 천천히 가려고요.

　　프랑스에 '천천히, 그러나 확실히'라는 말이 있어요.
　　우리만의 걸음으로 가면 됩니다. 무엇보다 기쁘게 써
　　요. 오래오래 나란히 같이 가요.

　저길 봐. 사라진 자리 말고, 서서히 넓어지는 원을 봐. 다시 나에게 말한다. 천천히, 그러나 확실한 걸음으로 꾸준히 쓰는 글들이 물결을 만들기를. 넓어지고 겹쳐지고 움직이고 넘실거리며 만든 물결이, 잘 나아가라고 나를 밀어주기를. 작지만 보편적인 기쁨과 소소하고 착한 행복이 깃든 나의 삶, 나의 자리로.

넓은 원을 그리며 나는 살아가네

그 원은 세상 속에서 점점 넓어져 가네

나는 아마도 마지막 원을 완성하지 못할 것이지만

그 일에 내 온 존재를 바친다네

- 라이너 마리아 릴케, 「넓어지는 원」 일부*

3부

우리에게는
고유한 이야기가 있다

* 류시화, 『시로 납치하다』(더숲 2017)

'글쓰기'라는 문을 여는 사람들

누군가 문을 열고 들어온다. 눈이 마주치고 우리는 어색한 인사를 나눈다. 하나둘, 다른 사람들도 문을 열고 들어온다. 서로 눈을 마주치고 애써 웃어보지만 어색한 미소는 이내 굳어버리고. 모두 시곗바늘만 바라보며 자리에 앉아 있다. 약속 시간을 향하는 시곗바늘은 느릿느릿 움직인다. 긴장한 건 나도 마찬가지. 안절부절못하는 마음을 꽈악 붙잡고서 그저 힘껏, 웃어본다. 속으로 내가 할 일을 주문처럼 외운다.

'마주 웃기. 이름 외우기.'

웃어주고 이름을 기억하는 일. 낯선 마음에는 친절한 마음이 최선이므로, 열심히 최선을 다해보지만 어렵다. 글쓰기 수업으로 1,000여 명을 만나보았어도 좀처럼 쉬워지지 않는다. 첫 만남에는 언제나 용기가 필요하다.

모든 글쓰기 수업은 그렇게 시작된다. 나는 기다린다. 누군가 문을 열고 들어온다. 우리는 만난다. 웃는다. 이름을 묻고 이름을 기억한다. 그리고 글을 쓰기 시작한다. 대단할 것 없는 태연한 만남 같지만, 문을 열고 들어오기까지 문밖에서 열 번의 주저함과 열한 번의 용기가 오고 갔다는 걸 안다. 실은 몹시 힘내어 문을 열고 들어왔음을 알기에 오는 사람을 맞이하는 나에게도 애쓰는 마음이 필요하다. 어느 시인의 말처럼 '사람이 온다는 것은 실은 어마어마한 일'이기 때문에. 지금 눈을 마주한 사람의 과거와 현재와 미래를 나는 알게 될 것이다. 여러 차례 만나는 동안에 우리는 서로의 인생에 속 깊게 관여하게 될 것이다. 마음을 다하고 싶다.

서로의 이름을 묻고 이름을 불러보고 글을 쓰기 시작한다. 저마다 백지에 무엇이라도 써보기 시작한다. 사람들이 글 쓰는 동안 나는 침묵을 지킨다. 같이 쓸 때도 있지만 대개는 교실 뒤편에 서서 글 쓰는 사람들을 지켜본다. 한 사람은 생각에 잠겨 있다. 한 사람은 펜으로 쓴다. 한 사람은 펜으로 지운다. 한 사람은 타이핑을 한다. 한 사람은 고개를 숙인다. 한 사람은 안경을 닦는다. 한 사람은 손가락을 두드린다. 한 사람은 빈 종이만 응시한다.

글 쓰는 사람들을 가만히 지켜보는 일이 좋다. 굳게 다문 입술과 더디게 깜박이는 눈, 살짝 굽은 등과 종이로 기운 어깨, 생각에 잠긴 시선, 불규칙적으로 움직이는 손. 보이지 않는 무언가에 몰입한 사람들은 모놀로그를 연습하는 배우들 같아 보인다. 어떤 이야기를 준비하고 있을까. 글 쓰는 사람의 모습은 지켜볼수록 아름다운 구석이 있다. 두 번째 시간부터 조금 친밀해지고 나서는 글 쓰는 사람들 모습을 사진 찍어 보내주곤 한다. 그게 다 아름다워서다. 그 시간에, 자신이 아름다운지도 모르고 사람들은 자기 자신과 만난다. 쓰는 사람, 쓰는 모습, 쓰는 기분. 글쓰기의 아름다움은 단지 글뿐이 아니다.

글쓰기 시간이 끝나면 각자가 쓴 글을 소리 내어 읽어본다. 다 다른 목소리와 말투로 모놀로그처럼, 노래처럼, 이야기처럼 글쓴이는 글을 읽고 우리는 귀를 기울인다. 부러 프린트된 종이를 나눠주지 않는다. 아무것도 알지 못하는 빈 마음으로 타인의 이야기를 주의 깊게 듣고 사려 깊게 관여하길 바라기 때문이다. 낭독이 끝나면 어떤 마음을 느꼈는지, 어떤 문장이 마음에 남았는지, 이 글의 아름다움은 무엇인지, 글쓴이가 가진 독특한 무언가를 발견했는지 대화를 나눈다. 꼬리를 물고 파생되는 질문들은 대체로 마음과 인생에 관한 것들이고 우리는 대화를 이어간다.

쓰고 읽고 오래오래 나누다 보면 시곗바늘은 어느새 끝을 지나쳐버리고 만다. 마음 맞는 사람을 만나본 첫 만남이 그렇듯 예정된 시간을 알아채는 사람 하나 없다. 우리는 진정한 대화를 나누었다. 다음에 다시 만나 글쓰기로 약속하고 헤어진다. 대부분 다시 찾아오지만, 아예 오지 않는 사람들도 있다. 그러나 우리가 만나본 시간을 잊지는 못할 것이다. 언젠가 수업에서 이런 대화를 나누었다.

"누군가 나를 샅샅이 살펴보고 나에 대한 책을 쓴다고 해도, 사람들은 내 생각과 심지어 내 영혼에 대해선 결코 모를 거란 생각이 들곤 해요. 그럼에도 우리가 자신의 이야기를 쓰는 이유는 무엇일까요? 저는 내내 이 고민을 해왔어요. 내 이야기를 읽고 받아들이는 사람의 마음이나 평가가 두려운 것과는 별개의 문제라는 생각이 들거든요. 두려우면 숨거나 기다리는 쪽을 택하겠죠."

"맞아요. 두려우면 숨거나 기다리는 쪽을 택하겠죠. 그럼에도 불구하고 결국 쓴다는 건, 끝내 용기의 문제 아닐까요? 내 글이 평가받을 두려움을 감수하고, 그럼에도 가장 사적인 이야기를 꺼내어 표현하는 사람의 용기, 그 이야기를 잘 듣고 감응하고 자신의 이야기를 꺼내는 사람의 용기. 용기와 용기가 만났을 때, 우리는 이렇게 마주 보고 대화할 수 있는 거겠죠. 나조차도 잘 알지 못하는 나에 대해서, 모르지만 알아보려고 최선을 다하는 사람들이 마주 앉아 있어요. 우리가 책과 문장과 질문과 생각을 나누는 지금 이 순간은, 다시 돌아가 각자의 삶을 살아갈 때에도 불현듯 반짝, 살아갈 힘이 될 거라고 단언해요."

내가 알고 있는 글쓰기의 첫 번째 단어는 '용기'다. 시도하는 용기, 시작하는 용기. 글쓰기는 좀처럼 쉬워지지 않는다. 낯설고 두렵고 이상하다. 명백히 어렵다. 나라는 사람이 나에게 찾아오는 일과도 같으니까. 과거와 현재와 미래를, 묵직한 일생을 들고서 마주 선 나를 만나보는 일이다. 나는 나를 만나 돌아보고 생각하고 써보기 시작한다. 실은 어마어마한 일이다. 그래서 글을 쓰고 싶어 하는 많은 사람이 쓰기 직전의 문턱에서 주저하고 돌아선다. 남들에게는 보이지 않는 아주 두꺼운 유리벽을 앞에 둔 사람처럼, 도저히 나아갈 수가 없다.

프랑스 시인 크리스티앙 보뱅의 말을 전해주고 싶다. "글쓰기란 넘을 수 없는 벽에 문을 그린 후, 그 문을 여는 것이다." 나아가는 방법을 모르겠다면 벽에 문을 그린 후, 그 문을 열어보라고. 아홉 번 용기 내다가 열 번 주저해도 괜찮다. 번번이 돌아섰다가 다시 문 앞에 찾아온대도 괜찮다. 다만 한 발짝만 힘을 내면 좋겠다. 힘내어 문을 열고 들어간 다음엔. 그 다음엔. 겨우 글 한 편으로는 설명 못할 이런 이상하고 아름다운 시간들이 펼쳐진다.

글쓰기는 '용기'의 영역이라고 매일 쓰는 나도 날마다 생각한다. 열기 전까지는 절대로 알 수 없는 무언가가 문 너머에 있다. 용기 내어 문을 열고 들어가면 세계가 달라진다. 크기나 너비나 깊이로는 측정할 수 없는 마음 같은 세계가 있다. 내 인생 톺아보며 마음다운 마음을 만지고 만들고 꿈꿔볼 세계가 거기 있다. 문을 들어서면 생각보다 괜찮다. 여전히 나는 나. 그러나 문을 열고 들어온 나는 나를 마주할 수 있는 나. 나의 이야기를 쓸 수 있는 내가 된다. 글을 쓰는 순간만큼은 마음껏 자유롭다.

글을 쓰려는 사람에게, 문을 열었다면 묻고 싶다. 당신 자신을 잘 만나보았는지. 당신이 열고 들어간 세계가 마음에 드는지. 그럼, 이제 고개를 들어 보라고. 써 내려간 이야기를 읽다가 고개를 들면 당신의 첫 번째 독자들이 최선을 다해 당신의 이야기를 듣고 있다. 나 역시 겪어보았던 그때 첫 순간의 실감을 글 쓰며 사는 동안 소중히 간직하고 있다.

글쓰기는 더 이상 혼자만의 세계가 아니다.

마주 본 우리는 서로의 이름을 안다.

나는 기억한다

글쓰기 첫 시간은 '나는 기억한다' 10분 프리라이팅으로 시작한다. 금정연 서평집『실패를 모르는 멋진 문장들』을 읽다가 흥미로운 책을 발견했다. 뉴욕 아티스트 조 브레이너드의 자서전『나는 기억한다』. 한 사람의 '자전적 기억의 콜라주'라고 할 만한 실험적인 글쓰기 방식이 담긴 책이다.『나는 기억한다』는 첫 페이지부터 마지막 페이지까지 '나는 기억한다'라는 1,500개의 문장으로만 이어지는데, 단숨에 따라 읽고 나면 결국 삶이란 사람의 사소하거나 강렬한 기억들로 지탱된다는 깨달음과 함께, 우리 각자의 기억을 떠올리게 한다. 더불어 나의 기억도 써보고 싶은 마음이 인다.

"나는 기억한다."

한마디로 마치 주문처럼 삶의 기억을 소환할 수 있다.

시간과 공간을 앞뒤로 타고 넘으면서 과거와 현재, 외면과 내면을 자유롭게 유영하며 한 사람의 기억을 펼쳐볼 수 있다. 현실과 환상을 넘나들면서 순서도 규칙도 존재하지 않는 문장들이 마구 쏟아지고 교차되고 이어진다.

"나는 기억한다."

글쓰기 문턱을 없애고, 단번에 글쓰기를 시작할 수 있는 신비한 첫 문장이다. '나에게 어떤 이야기가 있을까', '어떻게 글쓰기를 시작해야 할까' 막막한 사람들에게 '나는 기억한다' 글쓰기는 삶의 기억을 휘저어 와르르 글감을 꺼내 보는 방법이기도 하다.

글쓰기 수업 첫 시간. 각자에게 익숙한 필기도구를 앞에 두고 10분, 혹은 더 짧게 5분의 시간만 준다. 타이머를 맞춰두고 '나는 기억한다' 프리라이팅을 진행한다. 타이머가 울릴 때까지 나의 기억을 마구 쓰기. 시간과 공간, 외면과 내면, 현실과 환상, 과거와 현재를 마음대로 오가며 각자의 기억을 쏟아내는 시간. 처음 기억을 써본대도, 여러 번 기억을 써봤대도 상관없다. 우리에겐 살아온 수많은 기억이 있기에 쓸 때마다 신기할 정도로 새로운 기억들이 쏟아져 나온다. 단 10분의 프리라이팅으로도 손 글씨론 A4용지 한 페이지, 타이핑으론 2,000자 가까운 문장들을 쓸 수 있다.

'나는 기억한다' 10분 프리라이팅으로 처음 써보았던 나의 기억들은 이러했다. 물론 학우들에게 예시로 보여주기 위해 약간의 수정은 거쳤지만, 10분 동안 써보았던 이야기 알맹이와 분량은 그대로 남아 있다.

고수리의 나는 기억한다

나는 기억한다, 거꾸로 가던 통리행 기차를. 창밖에는 눈이 내리고 있었다.

나는 기억한다, 나를 쓰다듬던 손바닥의 감촉을.

나는 기억한다, 할머니 집 담벼락이 절벽처럼 무서웠던 것을. 담벼락으로 떨어지는 꿈을 꿨다. 아래는 바다라서 무섭진 않았다.

나는 기억한다, 친하지도 않았는데 치마를 바꿔 입자고 말했던 친구를. 친구는 그날 밤 쓰러졌고 며칠 후 세상을 떠났다. 묘한 죄책감과 후회가 남았다.

나는 기억한다, 잠들지 못해 괴로운 밤, 거실에 나갔는데 엄마가 앉아 있었다. 잠이 안 오면 안 자도 돼. 엄마도 그럴 때 있어. 엄마의 쓸쓸한 목소리를.

나는 기억한다, 15층 창문 아래를 내려다보던 것을. 까마 득한 아래를 바라볼 때마다 마음이 이상했다.

나는 기억한다, 열세 살 때 교통사고를. 찰나의 순간에 지나가던 내 인생을. 정말로 '주마등' 같은 장면들을 경험했다. 결국 삶이란 내 기억의 총합인 걸까. 기억해볼수록 살아 있다는 실감과 안도감.

나는 기억한다, 한 페이지만 쓰고 찢어버리던 노트를. 몇 페이지 끄적이다가 버려버린 일기장들.

나는 기억한다, 같이 교환 일기 쓰던 친구를 질투했던 것을.

나는 기억한다, 아파트 외벽 계단에 앉아 해 지는 하늘을 오래 지켜보던 순간을. 아주 아픈 날이었다. 아름다운 풍경이 저무는 동안 나에게는 끔찍한 일들이 벌어지고 있었다. 어린 내가 어찌할 수 없는 무력한 아픔과 불행. 그리고 마주한 세계는 잔혹하고 아름답다는 진실.

나는 기억한다, 아버지가 연필을 깎아주던 순간을. 그때 아버지를 바라보며 느끼던 복잡한 미움을.

나는 기억한다, 밤바다에서 엄마와 자판기 커피를 마시던 것을. 조각공원의 200원짜리 밀크커피여야 했다.

나는 기억한다, 늘 같은 창가에 앉아 책 읽던 도서관. 그 고요함. 고요한 자리에서 읽었던 환상적인 이야기들을.

나는 기억한다, 백일장에 거짓말로 글을 써냈던 순간을.

나는 기억한다, 솔직한 글을 쓰고 인정받았던 하루. 처음 사람들 앞에서 그 글을 읽던 순간을. 왈칵 울 뻔했다. 모두가 내 이야기를 듣고 있었다.

나는 기억한다, 야자 시간에 미완성 소설을 써보았던 것을. 처음 느껴본 쓰는 기분을.

나는 기억한다, 교실에서 이어폰으로 듣던 자우림 노래들. 넌 매일 뭘 듣는 거야? 이어폰 하나를 가로채 들어보는, 선망했던 친구의 스스럼없던 행동을.

나는 기억한다, 주민등록증을 발급받던 부송동 동사무소에서의 하루를.

나는 기억한다, 눈 내린 아침, 기숙사에서 나와 첫 발자국을 찍으며 걸어보던 하얀 운동장을. 장필순 노래 「그대로 있어 주면 돼」를 들었다.

나는 기억한다, 악몽을 꾸던 밤들. 그 악몽들.

나는 기억한다, 홀로서기 한 엄마가 머리를 자르고 찍은 한 장의 사진. 사진 속 엄마가 얼마나 아름다웠는지.

나는 기억한다, 학교 가는 길목에 피던 벚꽃과 지던 목련을. 내가 목련 같다고 생각했다.

나는 기억한다, 믹스커피로 끼니를 때우며 전전하던 고시원의 방들.

나는 기억한다, 계단에 앉아 저녁이 저물 때까지 듣던 엘리엇 스미스(Elliott Smith) 노래들.

나는 기억한다, 이유 없이 휴대폰을 꺼두었다가 다시 켜고 읽어보던 부재중 메시지들. 사라지고 싶지만 기억되고 싶은 이상한 마음을.

나는 기억한다, 혼자서만 똘똘 자기에게로 골몰하면 똬리를 틀고 자기 안에 빠지고 말아, 힘내어 밖을 향해야 해,라고 말하던 교수님 말씀을 듣던 순간을. 어떠한 수업보다도, 이런 인생의 말을 듣는 때가 좋았다.

나는 기억한다, 추운데도 일부러 장갑을 끼지 않고 잡아보던 손을.

나는 기억한다, 헤어진 순간들을. 헤어진 순간을 기억하는 사람들 모두 진정으로 사랑했음을. 관계의 끝은 날카롭지 않았고 차라리 뭉툭했다.

나는 기억한다, 첫 책을 내고 광화문 교보문고에서 내 책을 발견했던 순간을. 책 가까이 가지도 못하고 누군가 내 책을 읽다가 데려가는 모습을 지켜보았다.

나는 기억한다, 읽고 쓰다가 맞이한 아침들.

'나는 기억한다' 프리라이팅을 마치면 내 인생의 주마등을 마주 보고 온 것 같은 이상한 기분이 든다. 겨우 10분이지만 나에게로 몰입해 내 인생 어느 순간마다 잠시 머물다 온 것 같다. 모두 겪어본 일들이지만 다시 목격해보는 일 같달까. 자기 자신과 약간 떨어져 거리를 두고 인생을 지켜본 3인칭 목격자가 되어본다. 그때의 선택과 상황들을 바꿀 순 없지만 다시 돌아볼 수는 있다. 시간 여행자의 기분이 마치 이럴까. 기억을 쓰던 사람들은 모두 말이 없고, 10분이라는 짧고도 긴 몰입의 시간을 음미한다.

나는 기억한다, 열세 살 때 교통사고를. 찰나의 순간에 지나가던 내 인생을. 정말로 '주마등' 같은 장면들을 경험했다. 결국 삶이란 내 기억의 총합인 걸까. 기억해볼수록 살아 있다는 실감과 안도감.

내가 쓴 기억 하나를 꺼내본다. 내 이야기를 쓴다는 건, 사실 아닌 진실을 쓰는 일이다. 그러니까 내가 기억하는 삶의 어느 순간을 나의 시선과 마음으로 재구성해보는 일인 것이다. 내가 살아온 기억의 진실은 나만이 쓸 수 있다. 나는 무엇을 보았고 무엇을 경험했고 무엇을 느꼈는지. 그 순간이 나에게 어떤 영향을 주었는지. 내가 그 순간을 기억하는 이유는 무엇인지. 기억으로부터 확장된 물음들을 세세하게 되짚어 답하다 보면 보다 진실에 가까워진다. 손가락을 움직이며 글을 쓸 때마다 삶은 구체적으로 만져진다. 우리는 살아 있다는 실감과 안도감을 느낀다.

작가 수전 티베르기앵은 『글쓰는 삶을 위한 일 년』에서 "삶이란 어느 한 사람이 살아온 과정을 말하는 것이 아니다. 그 사람이 그 과정 속에서 무엇을 기억하고, 기억을 어떻게 이야기하는가다"라고 썼다. 사소하거나 강렬하거나 내가 기억하는 내용, 그 기억을 이야기하는 방식. 글쓰기는 언제나 삶을 이야기하고 있다.

나는 기억한다, 잃어버렸지만 잊어버리지 않는 것들을.

나는 기억한다, 한 줄도 쓸 수 없었지만 이제는 써야만 할 이야기를.

이름으로 불러보는 이야기들

　사람의 이름은 고유명사다. 이름은 낱낱의 특정한 다른 것들과 구별해서 부르기 위해 붙이는 고유의 기호. 동명이 인이라 해도 우리는 낱낱의 유일한 한 사람이기에 고유명 사로 불린다. 한편 사람의 이름은 생각해볼수록 이상한 구 석도 있다. 타인과 구별되는 나만의 고유한 기호를 정작 자신이 부여하지 않았다. 내가 짓지도 않은 이름으로 평생 타인들에게 불리며 살아간다는 사실이 때로는 터무니없 게 느껴진다. 나의 이름은, 어떻게 지어졌을까. 어떤 의미 를 지녔고, 어떻게 불렸을까. 이름에 관한 나의 마음과 태 도는 어떠할까. 당연하다 여겨온 이름에 나만의 의미를 부 여해볼 수 있을까. 이름에 얽힌 이야기를 쓴다.

　한자 이름이나 순우리말 이름이라면, 이름 뜻을 풀이해 인디언식 이름처럼 불러볼 수 있다. 나는 별을 잇는 사람.

나는 아름다움을 읊는 사람. 나는 구름무늬를 가진 사람. 나는 기쁜 비처럼 내리는 사람. 나는 내 자리를 비추는 사람. 나는 밭과 밭 사이를 걷는 사람. 나는 편안함에 다다르는 사람. 나는 언제나 즐거울 사람. 나는 잘게 반짝이는 사람. 그저 평범하다고 생각했던 이름을 노랫말처럼 불러볼 때면, 실은 누군가의 염원과 축복이 담긴 아름다운 이름이라는 걸 깨닫게 된다. 평범한 이름으로부터 환상적인 이야기가 펼쳐지기도 한다.

때론 특이한 이름도 만난다. 사실 내 이름만큼이나 특이한 이름도 없다. 고수리. 한글 이름 같지만 한문 이름이다. 高秀利, 높을 고, 빼어날 수, 이로울 리. 온통 좋은 뜻이 담겨 있다. 부르기 쉽고 쓰기도 쉽고, 영어 표기로도 쉬운 이름. 살면서 동명이인을 만나본 적 없는 하나뿐인 이름이기도 하다. 특이하면서도 쉽고 의미도 좋지만 오랫동안 내 이름을 좋아하지 않았다. 아버지 성을 따르며 아버지가 지어준 이름이라서, 단지 그 이유로 진지하게 개명을 고민할 정도로 싫어했다. 내 이름이 좋아진 건, 작가로 일하면서부터였다.

"수리수리 고수리 작가입니다."

휴먼다큐멘터리를 만들면서 사람들을 만나 속 깊은 이

야기를 나누어야 했다. 그때마다 내 이름은 상대의 마음을 여는 마법의 주문이었다. "수리수리 마수리 할 때 고수리 예요!" 활짝 웃으며 첫인사를 건네면 열에 아홉은 마주 웃었다. '수리수리 고수리' 불러보자면 웃긴 이름인 것이다. 나를 보며 웃는 사람들에게 "재밌죠?" 마주 웃어줄 수 있어서 좋았다. 웃음만큼이나 사람과 사람 사이를 말랑하게 만드는 좋은 마법은 없고, 정말이지 주문 같은 이름이라서 오래 기억될 수 있었다. 수리수리 고수리. 내 이름을 나눌 때처럼 누군갈 웃게 했던 사람으로 기억되고 싶다.

유독 마음 가는 이름들도 있다. "내 이름은 가끔 흩어진다. '승현' 하고 부르면 두어 명은 돌아본다"라거나 "백성민에 서울 경, 나는 서울도 싫고 백성도 안 할래. 시대와 국적 다른 이름들을 여러 개 지어보았지만 나에게 어울리는 이름은 없는걸.", "다혜로 살면서 다른 다혜들을 자주 만났다. 그들은 온전히 다혜였던 적이 있었을까". 이렇듯 평범하고 흔한 이름들의 담담한 고백에 이상하게 마음이 기울었다. 잘 알아보고 싶어서. 그런 이름들은 길가에 핀 풀꽃 이름들 같았다. 씀바귀, 개망초, 냉이꽃, 민들레처럼 고갤 돌리면 가까이 만날 수 있는 편안한 이름들. 눈에 잘 띄지 않고, 때론 다른 이름들에 숨어버릴 수도 있는 조용한 이름들. 그렇지만 아는 사람들만 알아볼 수 있는 활짝 핀 이름들. 흔한 이름들 가운데 나만 알아볼 수 있는 승현, 민경, 다혜가 있다는 사실이 오히려 특별했다. 다른 꽃들과 비슷하지만 나만 알고 있는 하나의 꽃을 기억하는 마음이랄까. 그런 마음으로 우리 집 아이들 이름도 평범하고 흔하게 지었다.

더불어 나이 많은 이름도 좋았다. "영자의 전성시대에 태어나서 영자, 순자, 명자, 그리고 인자, 평범한 인자가 내 이름이 되었네. 흔하고 촌스러워 싫어했지만 오래 살다 보니 내 이름 인자 인정 많고 따뜻해서 이제는 좋다"는 인자 씨. "가난하게 태어나 학교 못 다닌 부모님들, 옥편에서 그저 뜻 좋아 보이는 한자들 골라 지은 동록 수와 락 연. 내 이름에는 쇠뿐이다. 부모가 되어보고, 부모를 떠나보내고 나니, 부모가 공들여 지은 내 이름이 진정 내 것 같다"는 수연 씨. 평범하고 별 의미 없는 이름이라 싫어했지만, 살아가면서 나름의 좋은 의미를 찾아내고, 지어준 부모의 마음을 헤아리게 되었다는 어른들의 말은 이름을 묻는 질문에 현명한 대답처럼 느껴졌다.

각자의 이름에 얽힌 이야기를 나누면 수업 끝에는 자연

스레 모두의 이름을 외웠다. 평범한 이름들이 많았던 시간에는 이소라의 노래「Track 9」을 함께 들었다. 평범해도 특이해도 흔해도 촌스러워도 대단한 뜻 없다 해도 나의 이름은. 나대로 내 이름 풀어본 다음에는 뭐랄까. 마음이 굳세졌다. 나대로 가고 멈추고 풀었네. 노래를 들으며 돌아본 테이블에는 우리에게만큼은 유일한 이름들이 남아 있었다. 이름이 고유명사인 이유를 그런 순간에 깨닫는다.

나는 알지도 못한 채 태어나 날 만났고
내가 짓지도 않은 이 이름으로 불렸네
걷고 말하고 배우고 난 후로 난 좀 변했고
나대로 가고 멈추고 풀었네
(……)
나는 알지도 못한 채 이렇게 태어났고
태어난지도 모르게 그렇게 잊혀지겠지
존재하는 게 허무해 울어도 지나면 그뿐
나대로 가고 멈추고 풀었네
－이소라「Track 9」

당신이 누구든 무엇이든

당신은 누구입니까? 자기소개야말로 세상에서 가장 어려운 글쓰기 아닐까. 단순한 질문 앞에 우리는 자신을 어떻게 소개해야 할지 막막해진다. 정작 자기 자신을 잘 모르고 있다는 사실을 깨닫는다. 막연하고 무지한 것에 대해 써야 할 때 글쓰기는 어렵다.

사회에서 자기소개는 주로 이름, 성별, 나이, 직업, 이력서 공란을 채우듯 이루어진다. 하지만 우리는 글 쓰러 모인 사람들이니까 조금 달랐으면 좋겠다. 한 사람의 글을 여러 번 읽다 보면 성별, 나이, 직업은 물론이고, 기억, 취향, 성격, 감정, 마음까지 세세하게 알게 될 테니. 심지어는 자기 자신도 몰랐던 새로운 면면을 깨닫는다. 그러니 서두를 필요 없다. 우리는 조금 다르게 질문해보자.

당신은 무엇입니까?

잘 모르는 사람을 가리키는 '누구'라는 인칭대명사 대신에, 모르는 사실이나 사물을 가리키는 '무엇'이란 지시대명사를 사용해보자면, 당신은 단순히 '사람'이라는 존재에서 벗어나 여러 형태의 자유로운 무엇이든 될 수 있다. 완전히 다르게 자신을 소개해볼 수도 있다.

변신하는 존재들은 비밀을 품고 있다. 누군가 비밀을 알게 될 때, 비밀은 더 이상 비밀이 아니고 이야기가 된다. 조경란의 짧은 소설 「변신」에는 밤마다 토끼로 변하는 아버지가 있다. 그런 아버지를 지켜보는 유일한 목격자인 나는, 갑자기 왜 변신했는지 묻는다. 아버지가, 아니 토끼가 대답하기를. "좀 답답한 거 같아서. (중략) 계속 그렇게 사는 게." 토끼로 변신한 아버지는 밤새도록 책만 읽다가 새벽 5시가 되면 방으로 돌아간다. 가장으로서 성실하고 무난하고 허술함 없던 아버지에 대해 나는 아는 것 하나 없지만, 책 읽는 토끼가 된 아버지를 지켜보며 아버지를 이해해보고픈 마음이 든다.

이 소설을 읽다가 궁금해졌다. 내가 나인 채로 계속 그렇게 사는 게. 누구나 좀 답답하지 않은지. 밤마다 사람이 아닌 다른 존재로 변신할 수 있다면 무엇으로 살아보고 싶을까. 생물이든 사물이든 상관없다. 나는 무엇으로 변신하고 싶은지, 그 이유는 무엇인지, 평소의 나와 변신한 존재는 어떻게 다른지, 평소의 나는 어떤 사람이고 어떻게 살아왔는지, 변신한 존재는 어떤 모습과 성격인지, 변신한 동안에 나는 무얼 하며 시간을 보내고 싶은지. 마치 소설 속에 토끼로 변신한 아버지를 지켜보는 마음처럼, 무언가로 변신한 사람들의 이야기를 들어보고 싶었다.

마침 이 주제를 다룬 글쓰기 수업 '마음 쓰는 밤'에는 금요일 밤 퇴근하고 글 쓰러 온 직장인이 대부분이었다. 월화수목금 꽉 채워 일하고 퇴근한 금요일 밤에 글 쓰러 오는 사람들은 어떤 사람들일까. 단정히 차려입은 외투 안에는 어떤 마음을 담고 사는지, 외투를 벗는다면 어떤 마음으로 살아가고 싶은지 궁금했다.

글 쓰며 사람들은 마음대로 변신했다. 커다란 리트리버가 되어 한걸음에 친구에게 달려갔다. 자존감이 바닥을 치다 보니 먼지가 되어 풀풀 날아다녔다. 아무에게도 보이지 않지만 느낄 수 있는 바람이 되어 사람들 곁에 붙었다. 깨끗이 빨래한 옷이 되어 아무 생각 없이 건조대에 널려 있었다. 헤어진 애인을 지켜보려고 달이 되어 하늘에 떠 있었다. 고양이가 되어 아무 죄책감 없이 책 읽다가 배고프면 먹고 졸리면 잤다.

일을 마치고 방에 돌아오면 옷부터 갈아입는다. 딱딱한 양복은 맨 안쪽에 잘 감춰둔다. 고시원 방은 생각보다 더 좁아서 잘 감춰지진 않는다. 늘어난 반바지를 걸치고, 그 반바지를 다 가려버릴 만큼 널널한 티셔츠를 입는다. 그러곤 슬리퍼를 끌고 천천히 옥상에 올라간다. 고시원 옥상에는 오래된 흙이 담긴 죽은 화분이 있다. 나는 화분에 앉는다. 눈을 감고 한숨을 후, 뱉으면 난 나무다.

굳이 나무여야 하는 이유는, 움직이지 않아도 되기 때문에. 움직일 수 없는 게 아니라 움직이지 않는 거다. 나는 화분의 오래된 흙을 붙들고 가만히 있다. 아무것도 보지 않고 듣지 않고 가만히 있다. 가지 끝까지 힘을 주고 바람과 대결하는 멋진 나무는 아니다. 바람이 불면 이쪽으로 우수수 저쪽으로 우수수, 가지를 떨어대는 그런 아무것도 아닌 나무다. 바람 부는 대로 흔들리다가 아침이 오면 천천히 눈을 뜬다. 어제보다 더 느리게 슬리퍼를 움직여 고시원 방으로 돌아간다. 깊이 넣어둔 양복은 어제보다 더 딱딱해졌다. 팔다리를 간신히 욱여넣고 문을 열고 나간다. 그러면 나는 다시 사람으로 살아야 한다.

밤마다 나무가 되어 오래된 흙을 붙들고 가만히 있는 사람의 글이었다. 단추를 끝까지 채우고 넥타이를 단정하게 맨 양복 차림의 그는 금요일 밤마다 성실하게 글 쓰러 왔다. 글을 써본 적은 없지만 어떤 글을 쓸 수 있을지 궁금하다며, 바르게 앉아서 미소를 머금고 다른 이들의 말을 차분히 경청하던 사람이었다. 그런 그는 겉모습과는 완전히 다른 글을 썼다. 서늘하고 스산하고 대개는 어두운 초겨울 바람 같은 글이었다. 어디에도 머물거나 속하지 않고, 한 발짝 떨어져 서성이듯 세상을 관찰하는 사람. 앙상한 나뭇가지를 흔들며 하나둘 남은 이파리마저 떨어뜨리는 바람처럼, 세상을 겉돌고 맴돌며 자기 자신을 썼다. 그래서 자유로웠다.

겨울이구나. 문득 깨닫는 스산한 바람의 감각처럼, 익숙한 내 자리가 불현듯 낯설어지는 이방인의 기분. 분명 누구나 겪어본 적 있는 감각을 옮긴 글은 홀가분한 해방감을 주었다. 그래서 우리는 그의 글을 좋아했다. 쓴 글을 낭독할 때야 그는 웃음기 거둔 진지한 얼굴이 되었다. 우리 각자는 자기 자신도 알지 못할 어떤 얼굴을 가지고 있을 거란 생각이 들었다. 단정한 양복 차림으로 뚜벅뚜벅 걸어가는 그를 밖에서 마주쳤다면, 밤새 나무로 변신해 아무것도 하지 않고 우수수 우수수 흔들리고픈 내면을 알아볼 수 있었을까.

　당신은 무엇입니까. 상상과 농담, 갈망과 진심이 기묘하게 뒤섞인 글을 쓰다 보면, 나답지 않은 나, 낯설고 이상한 나를 만나기도 한다. 글 쓰며 변신했던 사람들. 사람이 지긋지긋하지만 다시 사람 곁을 맴도는, 아무것도 하고 싶지 않지만 꼼짝할 수 없는 건 싫은, 나에게 상처 준 누군가 똑같이 불행하길 바라는, 한낮 내내 나의 존재 가치를 증명했는데 또 무언가로 변신하는 것이 피곤한, 사라지고 싶지만 사라질 자신은 없는, 정작 자기 자신이 누군지 알 수 없어 두리번거리는. 우리는 그렇고 그런 존재들.

　누구나 이면은 있다. 그것은 비밀이 되기도 이야기가 되기도 한다. 가짜 같은 얼굴과 갑옷 같은 외투를 입고 인파 속에 숨어버린 사람들. 그래도 한 번쯤은 진짜로 알아볼 수 있지 않을까. 나는 토끼처럼 귀를 기울이고, 당신이 누구든 무엇이든 한 번쯤 이해해보고 싶다는 생각을 한다.

진짜 내 이야기를 꺼낼 때면

글쓰기 수업에 갈 땐 가방에 두루마리 휴지를 챙겨간다. 장마철에 작은 우산을 넣어 다니는 것과 비슷하다. 글 쓸 때 우리는 우기에 마주치는 사람들 같다. 언제 어디서든 갑자기 왈칵 툭 후두두둑, 우는 얼굴을 마주하기 때문이다. 한 번 터진 울음은 쏴아아 쏟아지는 소나기처럼, 손수건 하나로는 감당할 수 없는 눈물량이라서, 그 얼굴들에게 건네줄 두루마리 휴지를 가방에 넣어 다닌다.

글쓰기 수업 서너 번째 시간에 이르러서야 사람들은 솔직해진다. 두어 번의 만남과 적당한 거리감으로 다져진 경청과 존중, 그간 나눈 내밀한 대화와 이해들이 두둥실 구름 같은 관계를 형성한다. 내 이야기를 한 번 꺼내 보고 싶은 마음, 너의 이야기를 잘 듣고 싶은 마음, 여기에서만큼은 우리가 받아들여진다는 마음들이 뭉실뭉실 부풀어 다정하고 안전한 공동체를 만든다. 가장 가까운 사람에게도 보여주지 않았을, 가장 자기다운 얼굴로 서로를 마주 보고 앉아 있다.

그즈음에 나는 오래도록 준비해온 글쓰기 주제를 가져온다. 혼자 있는 마음, 슬픔이 필요한 마음, 연약해서 다행인 마음, 따뜻한 슬픔, 내 마음 CPR(심폐소생술), 살아야 할 이유 같은 묵직한 주제들을 조심스럽게 내민다. 고독과 슬픔과 상처와 위로와 우울과 삶. 살면서 꽁꽁 감춰두고 꾹꾹 눌러 담은 사무친 이야기를 써보자고 한다. 학우들은 글을 쓰고 자신이 써온 글을 읽는다. 그러면서 운다. 솔직했기 때문이다. 나의 이야기를 처음 써보았고, 다른 이에게 처음 읽어주었고, 나의 감정을 처음 드러냈고, 나의 마음을 처음 열었기 때문에.

진짜 이야기는 터져 나온다. 진짜 내 이야기를 꺼내는 순간에는 참을 새도 막을 새도 없이 눈물부터 터져 나온다. 가늘게 떨리던 목소리는 울먹거리다가 뺑 터져버리고 만다. 문장은 자꾸만 끊기고, 단어 하나하나 힘주어 힘겹게 읽어 내려가지만 울음에 목소리가 잠겨버린다. 뚝 뚝 눈물만큼이나, 뚝 뚝 침묵이 찾아온다. 모두가 말없이 젖은 목소리에 귀를 기울인다.

그때 가장 중요한 건, 침묵을 잘 지키는 일. 가만히 기다리면서 침묵한다. 가만히 지켜보면서 침묵한다. 침묵으로 말한다. 우리가 당신의 이야기를 잘 듣고 있노라고. 눈빛과 몸짓과 숨결로 다정한 침묵을 지키려고 노력한다. 끝내 낭독이 중단되더라도 대신 읽어주지 않는 것이 무언의 약속. 울더라도 끝까지 나의 이야기를 나의 목소리로 읽어보기. 몹시 힘들지만 모두 해내고 만다. 그런 때에는 어디선가 뻥, 깨끗하고 홀가분한 소리가 나는 것 같다.

"딸기잼 병 라벨에서 이런 문구를 읽은 적 있어요. 뚜껑을 처음 열 때 '뻥 소리'가 나야 정상 제품입니다. 사람도 마찬가지라고 생각해요. 여러분이 진짜 내 이야기를 꺼낼 때 울음이 터지는 건 정상입니다. 부끄러운 일이 아니에요. 다행인 일이에요. 이제 활짝 마음을 열어 마음껏 써볼 수 있어요. 깨끗하고 홀가분하게 진짜 내 이야기를 써보세요."

한 번쯤은 살면서 꽁꽁 감춰두고 꾹꾹 눌러 담은 사무친 이야기를 반드시 써야 한다. 사무친 이야기는 대체로 슬픔과 고통의 경험과 연결되어 있다. 그 경험들은 단지 마음 깊숙이 머물러 있는 것이 아니라 온몸에 온 마음에 새겨져 있다. 그러기에 만성적인 통증처럼 자주 아프다. 평범한 생활을 이어가는 것 같은 날들에도 예상치 못한 순간에 날카롭게 아파서 마음이 무너져 내린다. 사무친 이야기는 내가 하는 모든 일의 이유가 되고, 결과가 되고, 핑계가 되고, 변명이 되고, 좌절이 된다. 글을 쓸 땐 더 자주 나타난다. 내면의 이야기를 꺼내자면 모든 이유와 결과와 핑계와 변명과 좌절인 사무친 이야기가 곧 모든 글의 결말을 매듭지어버리기 때문이다. 나아갈 수가 없다. 글도 삶도 도돌이표를 그린다.

글쓰기는 매듭짓기가 아니라 매듭 엮기다. 내 이야기에 내 방식대로 매듭을 묶어보고 다른 이야기로 연결해서 쓰고 묶는다. 그리고 다시, 또다시. 나에게 일어난 일들이 모두 지금의 나를 만들기 위해 연결된 삶이라 생각해본다면, 나는 그것들을 내 방식대로 묶고 엮고 다시 이어갈 수 있다. 여러 번 실패할 테지만, 여러 번 다른 결말을 만들어볼 수도 있다. 그사이 나도 모르게 깊어진 사유와 새로운 희망 같은 걸 품고서, 깨끗하고 홀가분하게 내 이야기를 써나갈 수 있다.

나에게도 그런 이야기가 있었다. 평생 숨기고 담아두었던 사무친 이야기를 첫 책에 썼다. 『우리는 달빛에도 걸을 수 있다』가 한 권의 책으로 나왔을 때, 내 손안에 잡히는 책등과 표지를 쓰다듬으며 마음으로 말했다. '내 인생 여기에 두고 가야지'. 두려울 줄 알았는데 너무 홀가분해서 이상했다. 나의 가장 큰 이야기를 쓰고 나면, 글로 쓸 만한 다른 이야기가 없을 것 같지만, 아니다. 보이지 않았던 이야기, 남은 이야기가 있다. 그리고 나아갈 이야기가 있다. 두려워할 것 없다.

글쓰기 수업에서 만난 울음들을 떠올린다. 솔직하게 마음을 여는 건, 어쩌면 만남의 횟수나 함께한 시간과 비례하지 않는지도 모르겠다. 두어 번의 만남 이후가 아니더라도 어떤 이는 첫 만남에 자기소개를 하다가 펑펑 운다. 내가 어떤 사람인지 아무것도 쓸 수 없어 너무너무 슬퍼서 운다고 했다. 또 어떤 이는 두 번째 만남에 기억을 쏟아내는 글쓰기를 하다가 운다. 지금, 이 순간 마구 떠오르는 기억들을 써보자고 빈 종이를 내밀면, 10분도 지나지 않아 가득 채운 종이에 기억을 쏟으면서 운다. 나도 자주 운다. 울면서 쓰고 울면서 읽는, 울면서 어떻게든 자기만의 매듭을 묶어보려고 애써보는 마음들이 간절하고 뜨거워서 따라서 운다.

울더라도 끝까지 자신의 글을 읽어 내려가는 사람을 안아주고 싶다. 휴지를 건네주던 옆자리 사람도. 눈길을 거

두지 않던 맞은편 사람도. 조용히 같이 울어주던 사람도. 낭독이 끝난 후 찾아온 소중한 고요를 껴안고 머뭇머뭇 위로의 말을 꺼내는 사람들도. 모두가 뭉클해서 고마워서 안아주고 싶다.

"우리 꼭 세수한 사람들 같네요."

깨끗한 울음과 다정한 침묵이 오가던 수업이 끝날 즈음엔 둘러보면 모두가 울고 난 얼굴이다. '사람은 모두 울고 난 얼굴/ 울음과 울음/ 사이에 생활이 있고/ 생활과 생활 사이에 울음이 있다'는 이상협 시인의 시(「저절로 하루」, 『사람은 모두 울고 난 얼굴』, 민음사 2018)처럼. 남김없이 잘 울고 나야 홀가분하게 남은 생활을 이어갈 수 있다. 우리는 각자의 일상으로 돌아갈 준비를 한다. 눈물 닦은 휴지를 꽉 쥐고 자리에서 일어나는 사람들. 다시 울게 될 테지만, 그래도 다시 잘 살아보려는 사람들. 나는 그런 사람들이 아름답다고 생각한다. 한 사람이 울 때, 나보다도 더 빨리 누군가 휴지를 꺼내 건넨다. 여러 손일 때도 있다. 혼자 우는 사람 없이 지켜봐주려는 마음들이 있어, 아무래도 나는 휴지 같은 건 넣어 다닐 필요가 없을지도 모르겠다.

숨겨둔 마음을 써보는 것만으로도

　말 없는 아이에게는 얼마나 많은 말이 숨어 있을까. 얼마나 많은 생각과 마음이 담겨 있을까. 학생들이 참여하는 글쓰기 수업에서 말 없는 아이들을 자주 만난다. 말이 없다는 건, 말하고 싶지 않은 마음과 말할 수 없는 마음의 반영일 텐데, 감정과 말을 숨기고 바닥만 내려다보는 아이들에게 다가가는 일은 참 어렵다. 그저 헤아려볼 뿐. 아이들은 부모나 선생이 아니라면 제 이야길 들어주는 어른을 좀처럼 만나기 어렵고, 미묘하고도 복잡한 마음을 어른들에게 조리 있게 이해시키기 어렵다. 정확히 정의할 수 없기에 제대로 표현할 수 없는 마음. 하고 싶은 말은 많지만 도무지 말할 수 없는 양가적인 마음. 그런 마음일수록 글쓰기가 필요하다.

　학교나 기관에서 주최하는 글쓰기 수업에는 자의로 참

여하지 않은 아이들이 대부분이다. 내가 작가건 누구건 아이들은 관심이 없고, 내 이야기가 지루하게 느껴지면 바로 책상에 엎드려버린다. 그러나 글을 쓸 때만큼은 솔직한 속엣말을 꺼내 쓰는 아이들이 있다. 그런 글을 읽으며 생각한다. 작은 몸에 얼마나 많은 말과 마음을 담아두었을까. 글로 쓰기까지 얼마나 이야기하고 싶었을까.

학교생활 적응이 어려운 초등학교 고학년 아이들과 글쓰기 수업을 했다. 어려운 수업이었다. 의욕도 없고 집중도 안 되고 반응도 심드렁해서 간단한 글쓰기 작법을 가르치는 동안에도 나 혼자 웅변하듯 외쳐야 했다. 글쓰기 시간. 긴 글 쓰기에 익숙지 않기에 짧은 질문 여러 개가 적힌 종이를 나눠주었다. "너희들 이야기를 대답하듯이 쓰면 돼."

그런데 내내 책상에 삐뚜름히 엎드려 있던 열세 살 남자아이가, 글 쓰는 시간이 되자 집중했다. 종이를 가리고선 열심히 쓰는데, 슬쩍 쓴 글을 보니 놀랄 정도로 좋았다. "글쓰기 좋아하니?" 물어봤다. 아뇨. 책 읽는 건 좋아해? 아뇨. 싫어요. 아이는 단답형으로 잘라 대답했다. 그런데 어떻게 이런 글을 쓰는 걸까. '1년 후 나에게 쓰는 미래 일기'라는 마지막 주제에 아이는 이런 글을 썼다.

너는 지금 충분히 만족스러운 삶을 살고 있어. 다시는 나쁜 친구들과 어울리지 마. 너는 괴롭힘을 당해봤으니까. 육체가 아픈 건 나아지지만 마음이 아픈 건 나아지지 않는다는 걸 알고 있지. 너는 절대로 다른 사람을 괴롭히지 마.

너에겐 하고 싶은 이야기가 가득했구나. 말하기 싫다면, 말할 수 없다면 그 마음을 글로 써봐도 된다고. "너는 글로 이야기할 수 있는 사람이야. 선생님은 네가 계속 글을 썼으면 좋겠어." 부담스러워 않도록 살짝 어깨를 두드리며 칭찬해주었다. "감사합니다." 아이는 조그맣게 대답했다.

중학교 수업에서 소설을 쓰려는 여중생을 만난 적도 있다. 쉬는 시간에 다가와 "선생님은 작가잖아요. 작가에게 물어보고 싶었어요"라며 자신이 오랫동안 구상해온 이야기를 속삭였다. 엄마를 별로 사랑하지 않는 여자애 얘기랬다. 엄마라고 무조건 사랑해야만 하는 건 아니라고 믿는 주인공. 하지만 엄마와 함께 지낸 시간이 사랑보다 더 큰 마음을 만들어서 어쩔 줄 몰라 한다고. 뭐라 설명할 수 없는 마음에 관한 소설이라고 했다. "너무 길고 부담스러워서 다 완성할 수 있을지 걱정이에요."

나는 일단 써보라고 했다. 첫 문장과 첫 페이지까지라도 한번 써보자고. 나머지 이야기는 계속해서 쓰면 되니까. 소설이 미완성으로 남는다 해도 자기만의 글을 써본 경험은 오래오래 남을 거라고. 혹시 모르지. 어른이 되어서 그 소설을 완성할 수 있을지. 하나도 걱정할 것 없다고 대답해주었다. "선생님도 아무에게도 보여줄 수 없는데 꼭 쓰고 싶었던 이야기가 있었어. 열여덟에 썼던 초고를 한 스무 번쯤 고쳐서 서른이 넘어서야 완성했지. 이야기가 너에게 말을 걸고 있는 거야. 괜찮아. 첫 페이지라도 써봐."

창비학당에서 이끌어온 '고유한 에세이' 클래스를 온라인 첨삭 레터 형식으로 진행했다. 학우들이 글을 보내주면 나는 글 코멘트와 작가의 조언을 회신했다. 그때 윤여진, 윤여주 이름이 비슷한 학우들이 글을 보내왔는데, 서너 번쯤 글을 읽자 두 사람 글이 퍼즐 조각처럼 맞춰진다는 걸 알았다. 알고 보니 두 사람은 일란성쌍둥이 자매였다. 여진과 여주는 자신들이 '선택적 함구증'을 앓았던 '얼음쌍둥이'였노라 고백했다.

어린 시절, 무려 7년 동안 쌍둥이 자매는 집 밖에 나가면 말을 하지 못했다. 집에서는 수다스러운 말괄량이들이 밖에만 나가면 말문을 닫아버렸다. 하고 싶은 이야기는 마음에 가득했지만 얼어붙어 아무 말도 할 수 없었다. 어떤 불안과 두려움, 예민함이 동시에 두 아이의 마음에 있었을까. 유난히 조용한 아이, 내성적인 아이, 낯가림이 심한 아이라는 시선과 판단을 받으며 자란 두 사람은, 어른이 되어서야 자신들이 특정 상황에서 말을 하지 못하는 선택적 함구증을 앓았다는 사실을 알게 되었다. 그 이야기를 처음으로 글쓰기 수업에서 꺼냈다.

두 사람이 계속 글을 썼으면 좋겠다고 나는 격려했다. 유려한 문장이나 대단한 이야기가 아니라도 진심은 전해지기 마련이니까. 그저 그때 겪었던 경험과 마음들을 글로 쓰고 정리해보는 것만으로도 괜찮다고. 아직 상처를 돌보지 못한 두 사람에게도, 비슷한 시간을 살아가는 다른 사람들에게도 그 이야기는 분명 힘이 될 수 있다고. 이제 두 사람이 하고 싶은 이야기를 써보자고 긴 답장을 보냈다.

두 사람은 2년 동안 꾸준히 글을 썼다. 그리고 '선택적 함구증'을 앓았던 이야기를 담아 『이제, 하고 싶은 이야기가 있어요』(수오서재 2022)라는 책을 출간했다. 여진과 여주는 말문과 마음을 닫았던 '얼음쌍둥이'에서 '자유롭게 말할 수 있는' 어른으로 무사히 자랐고, 각각 한의사와 치과의사가 되었다. 아팠던 시간은 두 사람을 더욱 사려 깊은 어른으로 만들어주었다. 너그러운 품과 시선으로 환자들을 대하고, 과거의 자신들을 있는 그대로 받아들이고 안아주었다.

> 소리 내어 울지도 못했던 어린 시절의 우리를 생각하며, 그리고 지금도 어딘가에 있을, 말할 수 없는 아이들을 생각하며. 우리가 써 내려가는 문장들이 우리를 닮은 누군가에게 따뜻한 위로와 응원이 되기를 바라면서.
> ─『이제, 하고 싶은 이야기가 있어요』, 19면

사람의 목소리라는 건 말뿐만 아니라 글에서도 느껴진다. 나는 실제로 두 사람을 만나본 적 없다. 우리는 글로만 교우했으니까. 그런데도 글에서 여진과 여주의 목소리가 들린다. 마흔 즈음에야 꺼낼 수 있었던, 아이였을 때의 진심을. 우리는 이런 마음으로 긴긴 시간 지내왔노라고. 두 사람이 조곤조곤 나에게 이야기한다.

나도 말 없는 아이였다. 하고픈 말은 마음에 숨기고 웃음으로 상처를 지웠다. 평생 말할 수 없었기에 아무도 몰랐던 상처를 서른 즈음에야 마주하고 글로 썼다. 이후로 내 삶이 얼마나 달라졌는지, 그 또한 아무도 모를 테지만 나만은 알고 있다. 나처럼, 그리고 당신처럼. 세상에는 말하고 싶지만 말할 수 없고, 보이지 않지만 상처투성이인 아이들이 너무나 많다. 진심으로 아이들이 아주 작은 아픔조차도 겪지 않고 자랐으면 좋겠다.

그러나 이 세계를 살아가는 한, 아이들은 때때로 상처받고 어쩔 수 없는 불행을 겪을 것이다. 어쩔 수 없는 불행을 겪는다 해도 이겨냈으면 좋겠다. 애써 이야기해보기를. 한 걸음에서 시작된다. 한 번의 걸음, 한 번의 발화, 한 줄의 문장, 한 장의 페이지. 끝을 가늠할 수 없어 겁나고 무섭더라도 그저 한 걸음, 다시 한 걸음 나아가길 격려한다.

이야기가 말을 걸어올 때, 자신의 목소리로 대답하기를. 그럼 나는 잘 들어볼 것이다. 너의 목소리가 들려. 너의 목소리가 들려. 단지 그 노랫말을 반복하던 노래처럼, 잘 들어보려고 최선을 다하고 싶다. 들어보고 지켜보고 헤아려보다가, 조용히 말 걸어주고 싶다.

많이 힘들었지. 잘 자라주어 고마워.

시월의 수산나

친구의 엄마와 친구가 되었던 시월을 기억한다. 작은 글방 '고유글방'을 열었을 때 일이다. 망원동 골목길 오래된 주택가 어디께에 간판도 없이 덩그러니 어떤 공간이 있었다. 오래된 건물에 옛날식 미닫이문을 단 허름한 외관, 드르륵 미닫이문을 열고 들어가면 무릎 높이만 한 높은 턱이 있었다. 문턱을 조심조심 넘어서면, 옅게 빛이 비쳐 드는 좁고 아늑한 굴 같은 공간이 펼쳐졌다. 그곳은 어느 공예가의 작업 공방이었고, 책상엔 낡은 라디오와 손으로 매만진 재료와 작업물들이 쌓여 있었다. 한가운데 커다란 나무 테이블을 두고 오래된 소파와 의자들이 다닥다닥 붙어 있었다. 뭐랄까, 방공호 같은 아늑하고 아름다운 공간에 사로잡혀서 이 공간을 잠시 빌려 글방을 열기로 했다.

시월, 글방이 열리는 시간은 매주 화요일 낮 11시. 장소도 시간도 눈에 띄지 않았다. 정말로 글 쓰러 오고 싶은 사람들만 찾아오길 바라는 마음으로 홍보도 조용히 했다. 내가 올린 게시물을 보고 알음알음 모인 여덟 명의 사람들. 그중 마지막으로 문을 열고 도착한 사람은 나의 20년 지기의 어머니 수산나였다.

수산나의 첫인상은 이창동 감독의 영화 「시」에서 본 미자 할머니 같았다. 잔꽃 무늬 원피스에 리넨 외투를 걸치고 직접 뜨개질한 모자를 쓴 수산나는 총총총 조용한 새처럼 들어와 가장자리에 사뿐히 앉았다. 수산나를 마주한 나는 어느 때보다 긴장했다. 절친의 어머니와 마주 앉아 글쓰기 수업을 해야 했다. 글방에서 가장 나이가 많고 처음 글을 써본다며 걱정하는 학우. 그를 티 나지 않게 잘 챙겨야 하고, 그 앞에서 쑥스럽지만 쑥스럽지 않게 수업을 이끌어야 하며, 무엇보다도 친구 어머니를 이름으로 불러야 한다는 부담과 걱정이 있었다. 그러나 모두 쓸데없는 우려였다. 수산나는 마음이 붕붕거린다며 첫마디를 떼었다.

"내가 여기 어떻게 왔는지 모르겠어요. 나는 글을 한 번도 써본 적이 없는데, 이상하게도 자꾸 쓰고 싶어 하는 사람이에요. 오늘도 여기를 찾아오는 골목이 아름다웠어요. 시월이잖아요. 아름답다. 아름답다. 아름다운 풍경을 보면 그저 아름답다. 나는 그런 표현밖에 할 줄 모르는 사람인데 내가 어떻게 글을 쓸 수 있을까. 그런데 우리 딸이 그래요. '일단 가서 그냥 사람들 옆에 앉아 있어봐. 글 잘 쓰는 사람들 옆에서 보고 듣기만 해도 도움이 될 거야'라고. 저는 글 잘 쓰는 여러분들 옆에 앉아만 있어보려고 왔어요."

수산나의 첫마디에 알아챘지만, 수산나는 글을 잘 썼다. 처음 글을 써본다는 수산나는 꾸밈없는데 재밌고, 담백한데 감동적인 글들로 언제나 우리를 놀래켜주었다. 알고 보니 그는 타고난 이야기꾼. 한밤에 뜨뜻한 구들장에 둘러앉아 할머니 이야기를 듣는 아이들처럼 우리는 수산나 곁에 다닥다닥 붙어서 이야기를 들었다. 난생처음 본 꽃의 이름, 이미자 노래를 부르던 50년 전 어린 날, 암탉이 갓 낳은 달걀을 손에 쥐면 얼마나 말랑말랑하고 따뜻한지, 할아버지가 화로에서 재를 털어 까준 군밤은 얼마나 맛있었는지. 수산나는 이야기해주었다. 마음이 가장 약해졌을 때 자기 마음을 다독이는 방법에 대해서도.

"마음이 가장 낮고 약해졌을 때는 미움이 없어요. 감사와 사랑밖에 없어. 미움이 들어올 새가 없어서 사람이 참 순수하게 돼요. 아무것도 모르는 나라도 어떤가요. 그래도 괜찮지 뭐. 모두에게 좋은 사람이 아니어도 상관없지. 너무 좋아지려고 애쓰지 마요. 마음 약한 나라도 괜찮아요. 가만히 두어요. 세상에 나를 다독일 사람은 나뿐이니까."

연필로 써 내려간 수산나의 글, 마음으로 건네주는 수산나의 말은 무구하고도 유정했다. 묻지 않았다면 쓰지 않았다면 들으려 하지 않았다면 몰랐을 수산나의 이야기들이 글방에 조곤조곤 퍼져 나갔다. 그는 상냥하고 사려 깊으며 따스하고 현명한 연륜을 지닌 어른이었고, 이런 어른을 만나 친구가 되는 일은 살면서 흔치 않은 행운이었다.

마지막 날에 수산나는 품에서 새하얀 손수건 뭉치를 꺼냈다. 손수건 매듭을 풀자 잘 영근 사과대추가 데구루루 굴러 나왔다. 우리는 동그란 열매를 나눠 먹으며 마지막 글을 나누었다. 수산나는 노래 가사를 읊조렸다. 가을엔 편지를 하겠어요. 누구라도 그대가 되어 받아주세요.

"그런 노래도 있잖아요. 이 가을에 나도 누구에게라도

편지를 쓰고 싶었어요. 문방구를 다니면서 편지지를 여러 개 샀어요. 하지만 마땅히 보낼 사람이 없어서 서랍에만 넣어두었지요. 그 편지지를 꺼내와 글방에서 내 이야기를 써보았어요. 그리고 알았어요. 실은 나는 여러분에게 편지를 쓰고 있었구나. 아무래도 여기가 좀 이상한 거 같아요. 동화에서 보면 옷장을 열고 들어가면 다른 세상이 펼쳐지잖아요. 여기가 그런 곳이에요. 매번 수업이 끝나고 집에 돌아가면 여기 사람들이 생각났어요. 해가 지고 밤이 깊어 잘 때까지 생각났어요. 한 달 동안 글을 쓰면서 나는 좀 이상한 사람이 되어버렸어. 지하철에서 뭘 쓸까 생각하다가 마음이 뜨거워지고, 하늘을 보다가 왈칵 눈물이 나기도 하고. 그렇게 아주 행복한 시간을 보냈어요. 지금은 헤어지지만, 나는 가끔 여러분을 생각할 거예요. 생각하면서 축복할 거야. 한 사람 한 사람 안아주고 싶어. 정말이지 꽉 안아주고 싶어."

수산나의 말에 모두 울었다. 수산나의 말처럼, 여기는 옷장을 열고 들어서면 펼쳐진 이상한 세상 같아서. 망원동 오래된 골목 어딘가 낡은 미닫이문을 열고 들어온 우리는 수산나의 말에 마음껏 울어버렸다. 여기는 울어도 이상하지 않은 이상한 세상. 그저 받아들여지는 기분이 들었다.

마지막 수업을 마치고 글방 앞에 아홉 명 조르르 서서 기념사진을 찍었다. 홀쩍이며 안아주고 웃으며 안아주고 다독이며 안아주고, 그러다가 다시 꺼안아주던 사람들. 시월이었다. 하늘은 구름 한 점 없이 푸르렀고, 가을볕이 좋았다. 오래된 골목은 그리운 얼굴처럼 다정했다. 글방 미닫이문에 서로를 안아주는 우리 모습이 춤추듯 어른거렸다. 우리는 울다가 웃다가 아주 이상하고 행복한 얼굴을 하고서 헤어졌다.

나는 20년 지기의 어머니, 수산나와 친구가 되었다. 그러나 친구에게조차 수산나가 써 내려간 이야기는 말하지 않았다. 글 쓰던 수산나의 손등과 옆얼굴이 얼마나 아름다운지 아느냐고, 꽁꽁 묶어온 손수건을 풀면 사과대추가 데구루루 굴러 나왔다고, 사과대추를 먹으며 수산나의 글을 들으며 우리는 아부작아부작 울었다고. 모두 비밀로 남겨두었다.

나는 수산나에게 글쓰기를 가르쳐준 적 없다. 다만 물어보고 지켜보고 가만히 들어보았다. 가슴 뛰며 들었던 수산나의 이야기를 잘 기록해두었다. 이 이야기가 어딘가에서 낮고 약한 마음으로 살아가는 사람에게 포옹 같은 힘이 될 것 같아서, 잘 모아 남겨두어야지, 손수건에 꽁꽁 묶어 품어온 이야기처럼 언젠가는 손수건을 풀어 사람들과 잘 나눠 가져야지 싶었다.

미자 할머니를 닮은 수산나와 헤어지고 돌아오던 길에는 「아네스의 노래」를 찾아들었다. 영화에서 미자 할머니가 쓴 시로 만든 노래였다. '당신의 작은 노랫소리에 얼마나 가슴 뛰었는지, 나는 당신을 축복합니다.' 노래를 듣노라면 시월의 수산나가 생각난다. 소중하게 품어와 매듭을 풀어 보여주던 수산나의 대추알 같은 이야기가, 어딘가에서 우리를 축복하고 안아줄 수산나의 가을 낮볕 같은 편지가.

누구나 살아온 만큼 쓰게 된다

희우는 좀 이상하고 귀여운 학우였다. 어느 겨울, 창비 학당 '고유한 에세이'에 희우가 찾아왔다. 핑크 앙고라 스웨터에 플리츠스커트를 화사하게 차려입고 온 아가씨. 침침했던 교실이 순식간에 보송해졌다. 와, 예쁘다! 감탄했는데 활짝 웃으니까 더 예뻤다. 희우는 환하게 웃는 사람이었다. 스스럼없이 말 걸고 대화하며 사람들을 웃게 했고, 밝고 싹싹한 에너지로 서먹한 첫 수업도 화기애애하게 만들었다.

왜 글을 쓰고 싶냐는 질문에 희우의 대답. "어린 나이치고는 치열하게 살다가 좀 아파져서요. 지금은 나를 돌보는 시간을 보내고 있어요. 제가 어떤 글을 쓸 수 있을지 궁금해요." 나도 궁금했다. 이렇게 밝고 환한 사람에게는 어떤 이야기가 있을까. 기본적인 에세이 작법을 가르쳐준 첫 수업이 끝나고, 희우에게서 엄청난 메일을 받았다. 굉장히 분석적이고 구체적인 질문들로 가득했다.

> 묘사가 어려워요. 관찰력과 기억력이 부족해서 어떤 기억을 묘사하는 게 쉽지 않아요. 제 글은 사실의 나열이 많아요. 단어 선택에 심혈을 기울여 시처럼 쓰거나, 서술이나 묘사를 통해 소설처럼 써보고 싶은데, 제 글은 일기처럼 보여요. 문학적 어휘력도 부족한 것 같아요. 형용하는 단어들을 잘 몰라서 『마음사전』이라는 책을 보고 있어요. 글의 유기적 연결이 어려워요. 좋은 글은 어떻게 기획하고 구성해야 하나요?

당황해서, 메일을 여러 번 다시 읽었다. 되게 공부 잘했겠구나. 아나나 다를까. 희우는 모범생이었다. 학생 시절엔 전교 1등을 놓치지 않았고, 졸업한 고등학교 최초 여성 학생회장이었으며, 서울대 정치외교학부에서 공부하고 로스쿨 준비를 하고 있었다. 제일 잘하는 게 공부였던 만큼, 글쓰기도 열심히 공부했다. 얼마나 많은 책을 공부하듯 독파하고 있을지 빤했다.

그런데 정작, 글쓰기 선생님인 나는 난감했다. 글은 정

형화된 방식이 없고 마음으로 쓰는 거라고. 마음으로 꾸준히 쓰다 보면 나다운 글을 쓸 수 있게 된다고. 그런 글이 사람들 마음을 움직이게 한다고. 고유함. 진솔함. 꾸준함. 그게 글쓰기의 힘이라고. 이토록 열심히 공부하는 사람에게 어떻게 말해줘야 할까. 나는 아무것도 답해주지 못하고, 수업이 끝날 때까지 계속 글을 써보라는 답답한 조언만 해줄 뿐이었다.

　다섯 번의 글쓰기 수업을 나누며 희우는 서서히 진짜 이야기를 고백했다. 희우는 로스쿨을 준비하다가 어쩔 수 없이 학업을 중단했다. 신장 기능을 거의 모두 잃어 투석을 시작했기 때문이다. 희우는 열여덟 살부터 '루푸스 신염'이라는 희귀병을 앓고 있었다. 원인도 모르고 치료법도 없는, 만 명에 한 명꼴로 걸린다는 희귀성 자가면역 질환이었고, 희우처럼 어린 환자는 드물었다. 2만 알의 스테로이드를 먹으면서, 몸무게가 고무줄처럼 10킬로씩 불어나는 부작용을 견디면서, 하룻밤 새 퉁퉁 부어 달라지는 외모에 낙담하면서, 병의 원인을 스스로에게 찾으면서, 병원 입퇴원을 계속하면서 학업을 이어왔다. '어린 나이치고는 치열하게 살다가 좀 아파져서요'라던 환한 웃음 뒤에는 지겨울 정도로 아픈 날들이 오래였다.

아픈 몸으로 껴안기에 희우의 꿈과 희망과 야망은 너무나 컸다. 하지만 나아가고 싶을 때마다 멈춰야 했다. 공부든 취업이든 남들처럼 빠르게 성취하고 싶은 마음을 구깃구깃 접어둔 채, 이십 대에 투석과 신장이식을 거치며 질병과 장애를 받아들여야 했다. 아픈 몸과 성장하고 싶은 마음 사이를 헤맬 때, 글쓰기를 찾은 건 다행이었다. 가만 들여다보아야만 알게 되는 것들이 있으니까. 어쩌면, 글쓰기가 희우를 찾아간 걸지도 몰랐다. 아파본 사람에게 글쓰기는 절실하게 찾아간다. 어떤 말은 소리 내어 말할 수 없고, 혼자라도 꾹꾹 눌러써야만 견뎌볼 수 있으니까.

"아팠던 이야기를 써주세요. 살아온 이야기를 써주세요. 제대로 마주하지 못했잖아요. 한 번도 얘기해보지 못했잖아요. 마음껏 써봐요. 쓰지 않으면 견딜 수 없는 마음으로 써보고, 울더라도 끝까지 제 목소리로 읽어 내려가 봐야 해요. 그래야 다시 나아갈 수 있어요. 살아온 진짜 이야기가 듣고 싶어요."

환하게 웃는 희우에게 부탁했다. 나는 어떤 순간에도 웃는 사람을 아주 좋아했다. 웃음을 잃지 않은 절망에게, 글쓰기는 펜보다도 더 작고 날카로운 바늘이 된다. 희우는 뜨겁게 썼다. 나는 그 글을 읽으며 미처 보지 못했던 것들,

알지 못했던 것들, 잠들지 못하고 고통을 견디는 몸의 이야기에 감응했다. 솔직하고 뜨거운 글에는 쉽사리 첨언할 수 없었다. 오랜 시간 홀로 앓다가 뜨겁게 쏟아져 나오는 말들만으로 충분했다. 그렇게 쏟아낸 말들을 정돈하고 다듬는 건 차차 글 쓰며 우리가 해야 할 일. 어쩌면 '고통'과 '글쓰기'는 실과 바늘 같은 관계가 아닐까. 쓰고 말함으로써 고통과 싸우는 것이 아니라 고통을 살아가게 된다. 찢어져 아파본 삶을 꿰어가게 된다. 나도 그렇게 글을 쓰게 되었으니까. 누구나 살아온 만큼 쓰게 된다. 자기만의 방식으로.

"아픈 몸으로 살아가려면 매일 용기가 필요하다."

희우가 고백한 이후로 우리는 오랫동안 글로 교우했다. 희우는 글쓰기 수업마다 찾아왔고, 나는 그의 글을 처음부터 읽어온 첫 독자이자 글쓰기 선생님이었다. 3년이 지나고, 희우는 희소 난치병과 함께한 10년간의 기록을 담은 책 『당연한 하루는 없다』(수오서재 2021)를 출간했다.

나이가 들면서 이해할 수 있는 슬픔이 많아지기에 눈물이 많아진다는 말을 보았다. 열여덟부터 몸의 고통을 마주한 나는 사람들이 웃는 장면에서도 혼자 엉엉 우는 사람이 되었다. 눈물 많고 정도 많고 마음이 넘쳐서 풍요로운 할머니가 되고 싶다. (중략) 어떤 생이든 소중해. 아픈 몸을 살아가는 생도, 무자비한 슬픔을 맞아낸 생도 모두 소중해. 아픈 나를 안아주듯, 어느 날의 힘든 당신을 안아주는 할머니가 되길 꿈꾼다. 그때까지 내 몸은 살아낼 수 있을까?

　　　―『당연한 하루는 없다』, 7면

　한 권의 책이 나오기까지 우리 사이에 많은 이야기는 다 쓸 수가 없다. 전부 필사하고 싶었을 정도로 좋았던 프롤로그를 읽으며 내가 어떤 기분을 느꼈는지도 다 쓸 수 없다. 책을 쓰는 사이 희우는 동생에게 신장을 이식받았고, 서서히 회복하며 다시 태어난 사람처럼 살아가고 있다. 이제 희우는 마음으로 글 쓰는 작가가 되었다. 아픈 몸과 성장하고 싶은 마음 사이에서 견디고 애쓰고 글 썼던 한 사람의 이야기가 모두에게 말한다. 당연한 하루는 없다. 당연하지 않은 마음으로 오늘도 살아가라고.

　과연 할머니가 될 수 있을까? 그때까지 내 몸은 살아낼 수 있을까? 희우가 묻는다. 나는 환하게 웃으며 대답한다. 우리는 할머니가 될 수 있어. 우리 같이 글 쓰는 할머니가 되자.

요즘 마음이 어때요?

가끔 무서워서 잠들지 못한다. 사랑하는 누군가 내 곁을 영영 떠나버릴까 봐. 살아가는 것들은 언젠가 사라지기 마련, 나조차도 살아가는 동시에 사라지는 중일 테지만. 그러나 어떤 예감도 징후도 없이 불현듯 사고처럼 닥칠 상실을 겪는다면, 감히 상상조차 할 수 없다. 나는 어떻게 감당할 수 있을까. 다시 어떻게 살아갈 수 있을까. 평소와 다름없는 일상에서 가깝고 먼 부고들을 접할 때마다 살아가는 일은 꾸준히 상실과 슬픔과 애도를 반복하는 일임을 실감한다. 때때로 그런 삶의 무거운 반복이 너무 버겁고 아파서 질끈 눈을 감아보지만, 도무지 잠들 수 없는 긴긴밤이 있다.

"번개같이 사랑을 발명하지 못했고 너는 떠났다"라고 쓴 글을 나누었던 밤. 나는 슬픔과 사랑, 사랑과 슬픔에 대

해 생각했다. 슬픔과 사랑. 사랑과 슬픔. 순서를 바꿔 읽어
보아도 두 가지 마음은 닮았고 아프고 깊었다.

갑작스레 동생을 떠나보냈던 자살 사별자 선의 글이었
다. 동생이 떠난 지 4년이 지나서야 유가족 자조 모임에 참
석할 수 있었던 선은, 그때 처음으로 사람들에게 동생 이
야기를 꺼냈다. 그곳에는 선처럼 사랑했던 가족을 떠나보
낸 사람들이 마주 앉아 있었다. 세상을 떠난 누군가의 아
버지, 어머니, 형제와 자매들. 2주 만에 온 사람도, 1년 만
에 온 사람도 있었다. 모임의 분위기는 생각보다 담담하고
다정했다. 사랑했던 사람의 이야기, 남겨진 사람들의 이야
기를 나누는 것만으로도 위로가 되었다고. 선은 조금 더
용기 내어 우리에게도 이 이야기를 꺼냈다.

어떻게 사는지 그저 말하고 듣는 것만으로도 힘이 된다는
것. 누구나 자신이 어떤 마음인지 귀 기울여 들어주는 존
재가 필요하다는 것. 오늘 날씨가 어떻다고 매일 대화하듯
이 오늘 마음이 어떻다고 일상적으로 얘기 나누면 좋겠다
는 것. 해가 쨍쨍한 날이 있고 비가 주룩주룩 오는 날도 있
듯이, 기쁘고 감사한 기분이 드는 날이 있고 침대에서 일
어날 수 없을 만큼 무기력한 날도 있다. 모든 감정은 날씨

처럼 자연스러운 현상이니 판단하지 말고 그렇구나 알아
주기를. 뒤늦게 달팽이같이 사랑을 발명하려고 묻는다. 요
즘 마음이 어때요?

"요즘 마음이 어때요?"

나도 글 쓰며 만난 사람들에게 묻는다. 이름, 일상, 기억,
취향. 그런 것들을 차근차근 물어보는 동안에도 내가 당장
궁금한 것은 지금, 이 순간 당신의 마음이다. 그렇지만 마
음을 나누는 데에는 시간이 필요하니까. 나에게도 여러 마
음을 감당할 시간이 필요하니까. 몇 번쯤 만나 이야기를
나눠보고 나서야 물어본다. 요즘 마음이 어때요?

사람들은 글 쓰며 대답한다. 나는 혼자 있어요. 나는 울
고 싶어요. 나는 사라지고 싶어요. 나는 미워하고 있어요.
나는 지긋지긋해요. 나는 너무 버거워요. 나는 다 버리고
싶어요. 나는 잘 모르겠어요. 나는 아무것도 안 하고 싶어
요. 나는 죽고 싶어요.

오히려 가까운 사람들에게는 말할 수 없는 마음들. 그렇
다면 수업이 끝나면 마주칠 일 없을지 모를, 적당히 멀고
도 가까운 우리가 같이 나눠보자고. 짙은 밤 같은 마음들
이 쏟아진다. 외로움과 고독이 다르고, 슬픔과 분노가 다

르고, 미움과 원망이 다르고, 상실과 절망이 다르다. 우리는 그것들을 구별하기 어렵다. 변덕스럽고 복잡하고 예측하기 어려운 날씨 같은 마음을 견디며 산다. 그러나 가만히 들여다보면 그 마음들은 단 하나의 말을 하고 있다.

"나는 살고 싶어요."

이렇게 마음을 터놓던 수업이 끝나면 절절한 고백이 담긴 편지를 받기도 한다. 겨우 한 발짝 떼면 삶을 포기할 수 있었던, 삶의 마지막 순간까지 가보았던 이들의 이야기. 다시 깨어난 침대에서 흐린 천장을 바라보며 어떤 마음을 느꼈는지. 다시 어떤 마음으로 살아가는지. 그 마음은 얼마나 희미하고 무력한지, 막막한지. 극한의 슬픔과 절망이 담긴 단정한 활자들이 아프다. 나는 조급해진다. 서둘러, 에둘러, 두서없는 답장을 보낸다.

살아있어줘서 고마워요. 패티 스미스는 『몰입』이란 책에 이렇게 썼어요. "우리는 왜 글을 쓰는가? 합창이 터져 나온다. 그저 살기만 할 수가 없어서." 당신의 글이 그랬어요. 그저 살기만 할 수가 없어서 터져 나온 글이었어요. 지금처럼 마음을 쓰세요. 견딜 수 없어서 터져 나오는 내면의 목소리를 쓰세요. 우울하고 슬프고 아팠던 나의 이야기도 모두 나의 것. 그저 나를 위해 쓰세요.

명심해요. 슬픔과 당신은 동의어가 아닙니다. 매일 아침, 근면하고 성실하게 출근하는 당신은 잘 웃고 명랑하고 감탄하는 사람이에요. 보이지 않는 슬픔이 가장 클 뿐, 그보다 더 복잡하고 다채로운 마음이 넘치는 사람입니다. 다른 누구 말고 자기 자신을 위해 마음을 글로 쓰길 바라요.

크고 작고 뒤섞이고 어지러운 마음을 그대로 쓰세요. 글로 쓰는 순간, 당신은 마음을 꺼내 볼 수 있게 됩니다. 내 마음 나만은 만져볼 수 있어요. 내 마음 나를 위해 사용하세요. 뭉치고 늘리고 두드리고 쓰다듬으며 보드라운 반죽을 치대듯이 마음껏 만져보세요. 마음 덩어리를 가만히 바라보고만 있어도 좋을 거예요. 내가 내 마음 바라보는 동안에 마음 덩어리는 부풀어 숙성될 테니까. 글 쓰는 동안에 당신의 마음은 소모되지 않고 당신이라는 사람을 빚어나갈 거예요. 당신이 당신이라는 것. 괜찮아요. 다 괜찮아요. 당신이 계속 글을 썼으면 좋겠습니다.

'마음의 가장 이상한 점은 가장 격렬한 일들이 벌어지지만 남들은 볼 수 없다는 것'이라고 말했던 작가 매트 헤이그는 오랜 시간 우울을 앓았다. 평소와 다름없었던 어느

맑은 날 자살을 결심했다. 그리고 올라선 절벽 끝에서 마지막 한 발을 내딛기 전에 간신히 발길을 돌려 되돌아왔다. 이후 자신의 이야기를 에세이로, 소설로 쓰기 시작했다. 세계적인 베스트셀러 『미드나잇 라이브러리』는 그런 시간 후에 완성된 작품이었다. 그는 자신의 소셜미디어에 자신처럼 우울증 불안이나 자살 충동을 경험해본 사람들에게 살아야 할 이유가 무엇인지 물었다. 쾌청한 아침, 음악, 친구, 좋은 책, 가족. 사람들은 저마다 살아야 할 이유를 답했다. 나도 매트 헤이그처럼 솔직한 마음을 글로 써본 사람들에게 살아야 할 이유를 물어보았고, 사람들은 답했다.

햇빛. 햇볕 쬐며 걷기. 손잡고 걷기. 글쓰기. 무지개다리를 건너 기다리고 있을 우리 개. 철교를 지날 때 보이는 한강의 윤슬. 아름다운 책. 커다란 나무. 가족들과 저녁 식사. 내가 만든 플레이 리스트. 잠든 아이의 얼굴. 해 질 녘 산책. 푸른 하늘을 올려다보는 것만으로. 가끔 목격하는 아침달. 따뜻한 커피. 갓 구운 빵 냄새. 한밤의 달리기. 밤바다. 반려식물들. 아픈 고양이를 책임지는 마음. 돌보는 마음. 따뜻한 말 한마디. 대화. 포옹. 매일 밝아오는 아침.

누군가는 반 고흐가 동생 테오에게 보냈던 문장을 읽어주었다. "우리가 살아가야 할 이유를 알게 되고, 자신이 무의미하고 소모적인 존재가 아니라 무언가 도움이 될 수도 있는 존재임을 깨닫게 되는 것은, 다른 사람들과 더불어 살아가면서 사랑을 느낄 때인 것 같다."

난간에 올라 극단적인 선택을 하려던 여자를 구한 중학생 기사를 읽었다. 여자는 울고 있었고 한낮에 지하도로 뛰어내릴 생각이었다. 지나가던 여학생은 멈춰 서서 물었다. "괜찮아요?" 여자를 달래며 조금씩 다가가 여자의 말을 들어주었다. 여자를 안아주었다. 하굣길 다른 학생들도 두 사람에게 모여들었다. 경찰이 올 때까지 학생들은 여자를 안고 곁을 지켰다.

SNS에서 만난 청년 세 명이 자살을 공모했다가 미수에 그친 사건이 있었다. 그들 사건을 담당했던 판사는 피고인들에게 "살아달라"며 이런 판결문을 썼다. "비록 하찮아 보일지라도 생의 기로에 선 누군가를 살릴 수 있는 최소한의 대책은, 그저 그에게 눈길을 주고 귀 기울여 그의 이야기를 들어주는 게 아닐까 하는 생각이 듭니다. 자신의 이야기를 들어줄 사람이 지상에 단 한 사람이라도 있다면, 그런 믿음을 그에게 심어줄 수만 있다면, 그는 살아갈 수 있을 겁니다. 그의 삶 역시 사회적으로 의미 있는 한 개의 이야기인 이상, 진지하게 들어주는 사람이 존재하는 한, 그 이야기는 멈출 수 없기 때문입니다. 사람이 사람에게 할 수 있는 가장 잔인한 일은, 혼잣말하도록 내버려두는 것입니다(박주영, 『법정의 얼굴들』, 모로 2021)." 판사는 편지와 책 두 권을 준비했고 20만 원을 책 사이에 끼워 청년들을 돌려보냈다.

동생을 떠나보내고 상실과 후회와 슬픔의 시간을 보냈던 선은, 우리에게 「사랑의 발명」이라는 시를 읽어주었다. 한 번은 늦어버렸지만, 동생을 지키지 못했지만, 뒤늦게라도 달팽이같이 사랑을 발명하려고 선은 우리에게 물었다.

"요즘 마음이 어때요?"

살다가 살아보다가 더는 못 살 것 같으면
아무도 없는 산비탈에 구덩이를 파고 들어가
누워 곡기를 끊겠다고 너는 말했지

나라도 곁에 없으면
당장 일어나 산으로 떠날 것처럼
두 손에 심장을 꺼내 쥔 사람처럼

취해 말했지

나는 너무 놀라 번개같이,

번개같이 사랑을 발명해야만 했네

—「사랑의 발명」(이영광,『나무는 간다』, 창비 2013)

　사랑은 발견되는 것이 아니라 발명되는 것이라고 믿는
다. 나라도 곁에 없으면 죽을 사람은 내가 곁에 있다면 살
사람이 된다. 사소한 이유들이 삶을 포기하게 하고, 또 사
소한 이유들이 삶을 살아가게 한다. 아무도 혼잣말하도록
내버려두고 싶지 않다. 그저 가만히 이야기를 들어주는 것
만으로도 사람을 살릴 수 있다. 한 사람을 계속 살게 하고
싶다고, 내가 곁에 있어주고 싶다고, 내가 잘 들어주고 싶
다고 다짐하는 순간에 우리는 사랑을 발명한다. 에둘러 횡
설수설하고 초조해서 넘어지더라도. 무턱대고 괜찮아요?
마음이 어때요? 묻더라도. 무서워도. 두려워도. 그렇게 우
리는 번개같이, 번개같이 사랑을 발명할 것이다.

햇볕 쬐기

그해 겨울은 몹시 추웠다. 팬데믹이 시작되었다. 사람들을 자유롭게 만날 수 없었고, 모든 글쓰기 수업이 중단되었다. 나의 마지막 글쓰기 수업은 2020년 1월이었고, 이후로 열 번의 계절이 지나도록 둥글게 모여 앉아 함께 쓰고 나누는 방식의 수업은 열 수 없었다. 거리두기는 함께 쓰는 일도, 혼자 쓰는 일도 전부 어렵게 만들었다.

나에게도 팬데믹의 날들은 참으로 궂었다. 작가의 일들은 줄줄이 취소되었고, 보육 기관이 문을 닫아버리자 아이들 돌봄은 고스란히 나의 몫이 되었다. 거리와 상점에 사람들이 사라졌다. 학교와 놀이터에 아이들이 사라졌다. 우리는 서로를 위해서 집으로 들어가 현관문을 걸어 잠갔다. 걸어 잠근 문틈으로 걱정과 불안과 우울이 스며들었다. 우리 각자는 가까스로 욱여넣어 납작해진 시간들을 견뎠다.

안팎으로 매서운 겨울이었다. 사람과 단절되고 일상이 흔들리자 삶이 구겨졌다. 구겨진 삶 속에서 내가 할 수 있는 일은 무얼까. 이럴 때일수록 일상을 돌보는 사유와 기록이 절실하다고 생각했다. 나는 방 한 칸에서 아이들과 복작거리며 축소된 하루하루를 보내면서도 틈틈이 읽고 쓰기 시작했다. 일기 쓰기와 리추얼을 시작하게 된 것도 이즈음이었다. 그때 나에게 글쓰기는 삶의 구김살을 펴는 일이었다. 막무가내 불행이 내 삶을 힘껏 구긴다고 하더라도 나는 정성을 다해 구김살을 펴보고 싶었다. 어딘가 나처럼 글쓰기로 삶의 구김살을 펴는 사람들이 분명 있을 거라고, 당신들은 어떤 시간을 보내고 있을지 궁금했다.

그러다 우연히 책방 '서사, 당신의 서재'의 제안으로 새로운 방식의 글쓰기 수업을 꾸려보기로 했다. 작가가 글쓰기 가이드와 함께 원고 청탁서를 보내면 참가자들은 초고를 써서 보낸다. 작가가 초고를 검토하고 피드백을 보내면 참가자들은 거듭 퇴고를 거쳐 최종고를 보낸다. 최종고를 읽고 작가가 300자 코멘트를 남겨주면 한데 모아 책으로 만들어보는 일. 한 편의 글을 제대로 완성해보는 기회와 더불어 책 만드는 과정을 경험하는 수업이었다. 글쓰기 수업과 같은 동명의 책 제목은 『에세이스트』. 청탁 원고를 완성하고 지면에 자신의 이름으로 글을 발표하는 사람, 에세이스트가 되어보는 경험이었다.

　모쪼록 나눌수록 힘이 나는 주제로, '내가 가장 좋아하는 시간'에 대해 써달라고 청탁 메일을 보냈다. 서른아홉 편의 글을 회신받았다. 우리가 가장 좋아하는 시간들. 밥을 차려 먹고, 책을 읽고, 일기를 쓰고, 기차를 타고, 편지를 쓰고, 전화 통화를 하고, 산책하는 시간들. 가장 좋아하는 시간은 의외로 가장 일상적인 시간이었다. 모두에게 피드백이 담긴 답장을 보내며 기분이 조금 이상했다. 누군가의 일상을 읽은 것뿐인데 그 사람과 같이 하루를 보낸 기분이었다.

　가족들과 둘러앉아 달그락달그락 차려 먹는 저녁 식사가 얼마나 맛있는지. 오래 머문 병원에서 여러 번 읽고 또 읽었던 책이 무엇인지. 10년 동안 빽빽하게 기록해서 낡고 해진 일기장의 두께는 어떠한지. 주말마다 기차를 타고 애인을 만나러 가는 사람은 창밖으로 어떤 풍경을 보는지. '나는 널 맞이하기 위해 먼 곳에서 1년을 버텨낼 테야' 적어 보낸 러브레터는 얼마나 애틋한지. 시차가 다른 타지에서 토요일 오후 4시마다 가족에게 전화를 걸어 어떤 이야기를 나누는지.

러시아 모스크바에서 보내온 글도 있었다. 우연히 그곳에 정착하게 된 지혜 씨는 2017년 12월 모스크바의 일조량이 6분이었다는 이야기를 듣는다. 한 달 동안 겨우 6분만 해가 난 것이다. 궂은 하늘과 눈 덮인 땅이 전부인 모스크바의 겨울. 집에만 갇혀 지내던 어느 날, 갑자기 반짝 해가 났다. 슈퍼마켓 반짝세일 같은 햇볕이 거리에 쏟아지자 남녀노소 모두가 하던 일을 멈추고 밖으로 나왔다.

언제 다시 찾아올지 모를, 지금 이 순간의 햇볕을 쬐는 사람들. 모두가 볕을 쬐며 천천히 걸어 다니는 풍경이 눈앞에 펼쳐졌다. 함께 걷던 러시아 친구가 말해주었다.

"길고 긴 겨울을 잘 보내려면 산책이 중요해."

지혜 씨는 이후로 햇볕 쬐며 산책하는 시간을 가장 좋아하게 되었다고. 복사하여 붙이기 같은 날들이라도 괜찮아. 언젠가 이 시간의 의미를 알 수 있을까? 알지 못해도 좋다. 한 달에 단 6분의 일조량이라도 만끽할 수 있다면, 햇볕을 쬐며 걷는 산책만으로도 충분하니까. 모스크바의 혹독한 겨울 속에 사는 사람이 보내준 글이었다.

'일조량'이라는 딱딱한 단어가 아주 귀하고 따스하게 느껴졌다. 이 글을 읽은 이후로 나도 매일 마스크를 챙겨 쓰고 조심스럽게 산책을 나섰다. 유난히 춥고 고립된 겨울을 보내고 있다고 해도, 하루 6분의 일조량 정도는 온전히 만끽할 수 있는 일상을 꾸리고 싶었다. 볕을 쬐면서 천천히 걷다 보면 조금씩 움트는 싹처럼 마음이 기지개를 켰다. 모스크바로부터 연결된 행복이었다.

코로나로 봉쇄된 우한에서 활동가 궈징이 낯선 사람들과 소통하며 기록한 책『우리는 밤마다 수다를 떨었고, 나는 매일 일기를 썼다』에는 이런 문장이 있다. "극히 수동적인 상황에 처해 있을 때도, 사람들은 여전히 주체적인 삶을 찾아 나선다."

팬데믹을 지나며 겨우내 만든 책『에세이스트』를 이듬해 봄에 받아 들었다. 나는 책방 '서사, 당신의 서재'에 마스크를 쓰고 앉아 있었다. 커다란 탁자 위에 우리의 시간이 네모난 책이 되어 놓여 있었다. 우리가 나눈 이야기를 다시 읽었다. 만나본 적 없지만 글로 짐작하는 사람의 인상, 사람의 말투, 사람의 마음과 사람의 이야기를 읽으며 나는 사람들과 사귀었다. 집에서 밥을 차려 먹고, 병원에서 책을 읽고, 대전에서 일기를 쓰고, 부산에서 기차를 타고, 런던에서 편지를 보내고, 인도에서 전화를 걸고, 모스크바에서 산책하던 사람들. 극히 수동적인 상황에서도 우리는 서로의 일상을 나누며 수다를 떨었다. 기록을 남겼다. 한 번도 만나본 적 없는 우리는, 낯선 사람들이 아니었다. 연결된 사람들이었다.

책방 창가로 햇볕이 들었다. 테이블과 책, 책을 읽는 내 손등까지도 햇볕이 활짝 퍼졌다. 환하고 따뜻했다. 구겨졌던 시간을 조물조물 만져봐야지. 구김살을 정성껏 펴봐야지. 힘차게 탁탁 털어서 햇볕에 바짝 말려야지. 마흔 명의 사람들이 겨우내 만든 127페이지의 기록. 우리가 모은 일조량이었다. 햇볕을 쬐자. 산책하러 나갈 시간이었다.

모든 질문의 답은 사랑

어느 고택에서 『우리는 달빛에도 걸을 수 있다』를 함께 읽고 글을 썼다. 초여름 해 질 무렵이었다. 둥근 테이블에 일곱 명이 붙어 앉아 문장과 이야기를 나눴다. '작가에게 어떤 글이 가장 마음에 남느냐'는 질문에 나는 개정증보판을 만들며 6년 만에 답장처럼 써본 글 「긴긴 미움이 다다른 마음」이라고 대답했다. 그간 내가 쓴 글들 가운데 가장 솔직한 이야기였다고, 오래도록 고민하던 이야기에 마침표를 찍은 심정이었다고. 책을 펼쳐 아끼는 문장을 읽어주었다.

절망과 아픔과 미움에 관해서 나는 아주 짙고 깊은 어둠까지도 이야기할 수 있다. 그러나 나는 그 틈새의 삶, 이를테면 어두운 틈으로 새어든 한 줄기 빛과 같은 순간을 놓치지 않고 이야기하고 싶다. 모든 이야기가 절망에서 끝나버리지 않도록, 잠시나마 손바닥에 머무는 조금의 온기 같은 이야기를, 울더라도 씩씩하게 쓰고 싶다. 그런 글이 필요했다. 누구보다도 나에게 그런 글이 필요했다. 나는 이야기를 쓰며 위로하고 위로받았다. 사람을 사랑할 수 있었다.

—『우리는 달빛에도 걸을 수 있다』, 256면

　낭독하는 내내 옆에 앉은 독자가 숨죽여 울었다. 책 페이지에 눈물이 번지는 동안에도 나는 이야기를 이어갔다. 그에게 필요할 것 같아서. 짐작할 수 있었다. 우리는 비슷한 시간을 지나왔다는 걸. 조금 진정된 후에 그가 말했다.

　"저는 작가님 책을 처음 읽어요. 그런데 이 글이 그냥 제 이야기 같았어요. 아버지 때문에 저는 평생 사랑을 믿지 못했어요. 아버지를 미워하고 외면하는 순간조차도 자책하고 힘들어했어요. 살아오면서 마음껏 행복했던 적이 한 번도 없었는데, 그런 저를 사랑해주는 사람을 만났고 결혼까지 했는데요. 작가님, 제가 엄마가 될 수 있을까요? 사랑을 줄 수 있을까요?"

　"그럼요. 제가 단언해요. 엄마가 될 수 있어요. 사람을 사랑할 수 있어요." 나는 대답했다.

내가 사랑할 수 있을까. 나는 평생 사랑이 두려웠다. 누군갈 만날 때도, 관계를 이어갈 때도, 연애할 때도, 결혼할 때도, 심지어 두 아이를 품었을 때조차 나는 선뜻 사랑을 선택하지 못했다. 다른 사람에게 사랑을 주려면 내가 사랑이 충만한 사람이어야 할 텐데, 내가 가진 사랑을 확신할 수 없었다. 사랑을 두려워하는 사람이 어떻게 사랑을 줄 수 있을까. 내가 연애할 수 있을까. 내가 결혼할 수 있을까. 내가 엄마가 될 수 있을까. 내가 사람을 사랑할 수 있을까. 인생의 모든 선택의 순간마다 나는 사랑을 선택하지 못했고 스스로에게 사랑의 자격을 물었다. 나에게 사랑은 언제나 질문으로 존재했다.

어린 시절 폭력적인 아버지에게 사랑받지 못했고, 언제나 부서지고 깨어진 장면들을 보고 자랐다. 결국 우리 가족이 산산조각 났을 때, '가정폭력 피해가정', '한부모가정'이라는 편견과 가난은 어딜 가나 우리를 따라다녔다. 그것들은 유독 엄마에게 끈질겼지만 그럴수록 엄마는 바쁘고 간절하게 우리를 사랑해주었다. 홀로 버티고 견디며 우리 남매를 키워냈다. 그런 엄마의 삶을 지켜보며 나는 오히려 미안했다. 나만 없었다면. 나만 없었다면 엄마는 충분히 행복할 수 있지 않았을까. 내가 세상에 태어나는 바람에 엄마의 모든 불행이 시작되었다고. 오래도록 나의 존재를 탓했다.

열여덟 살 때 낡은 상자에서 아버지가 엄마에게 보낸 러브레터를 발견했다. 은박 껌 종이에 조그마한 글씨로 빼곡하게 사랑을 적어 내려간 흔적이었다. 나는 편지를 읽으며 마음속으로 소리쳤다. '엄마 도망쳐. 이 사랑은 가짜야. 구겨버려.' 악몽을 꾸는 사람처럼 목소리조차 나오지 않는 절절한 아우성을 이 편지의 수신인에게 보냈다. '나 같은 건 태어나지 않았어도 상관없어. 엄마, 어서 이 껌 종이에서 도망쳐.' 그런 내 마음이 너무 차가워서 가여워서 나조차도 놀라버렸다. 겨우 껌 종이 러브레터 따위에 엄마는 사랑을 믿어버린 걸까. 자신의 인생을 기대버린 걸까. 나는 껌 종이를 구겨버렸다. 엄마에게는 말하지 못했다.

한 사람의 간절한 사랑을 듬뿍 받으면서도 그 사랑이 미안해서 자신을 탓하는 사람으로 살아온 사람에게, 사랑은 언제나 두려운 일이었다. 누가 나를 사랑한다고 하면 조바심이 났다. 내 사랑의 자격을 묻고, 이 사랑을 증명하고 책임지고 지속해야 한다는 불안에 잠식되었다. 끝끝내 외면하고 달아나버렸다.

마음에 구멍 난 사람 같았다. 태어날 때부터 마음 어딘가에 찾을 수 없는 아주 작은 구멍이 생겨버렸는데, 그 조그만 틈으로 아주 중요한 마음의 요소들이 스스스스 새고 있는 기분이었다. 아무리 채우려고 애써보아도 소용없었다. 보이지도 않는 작고 작은 구멍이 나를 공허하게 만들었다. 그래서 엄마 이야기를 아주 많이 썼다. 엄마는 나를 진심으로 사랑해준 유일한 사람이었으니까. 내가 받은 사랑을 기록하고 싶었다. 그러면서도 오래도록 엄마를 연민의 시선으로 바라보았다. 나에게 엄마는 아이 둘을 홀로 키워내며 자신을 희생한 사람이었고, 내가 없었다면 훨씬 행복하게 자기 삶을 살 수 있었던 사람이었다. 나는 엄마의 모든 삶의 이유였지만, 동시에 엄마의 모든 불행의 이유이기도 했다. 그런 미안함과 죄책감으로 나보다 엄마를 사랑하기로 했다. 나는 나를 사랑하지 못했다. 나는 태어나지 않았다면 좋을 존재, 사라져도 상관없는 존재라고 생각했다.

내가 엄마가 될 수 있을까. 평생 사랑의 자격을 묻고 사랑의 자리를 의심했던 내가 지금은 두 아이의 엄마로 살고 있다. 엄마가 되고 나서야 엄마의 진심을 알 수 있었다. 엄마의 인생이 수동적인 희생이 아니라 주체적인 선택이었다는 걸. 엄마는 엄마가 되기로 선택했다. 엄마는 나의 엄마로, 나와 함께 살아가기로 자기 삶을 선택한 것이었다.

엄마와 할머니의 이야기를 담은 책 『고등어 : 엄마를 생각하면 마음이 바다처럼 짰다』를 집필하다가 "엄마, 할머니한테 집밥 해준 적 있어?" 물어본 날이었다. 아픈 데가 많아서 버스를 타고 5시간을 달려 딸네 집에 왔던 엄마는 병원 진료를 마치고 다시 고향으로 내려갈 참이었다. 엄마와 제대로 이야기도 못 나눴는데, 밥 지어 아이들 먹이고 챙기다 보니 헤어질 시간이 1시간도 남지 않았다. 겨우 숨 돌리고 믹스커피 한 잔 마실 때, 엄마는 1994년 어느 날 이야기를 들려줬다.

할머니에게 집밥을 차려준 날, 할머니는 처음으로 딸네 집에 왔다. 나는 아홉 살, 엄마는 서른 즈음이었다. 엄마는 잔칫집처럼 푸짐하게 밥상을 차렸다. 딸이 해준 음식을 먹어본 할머니는 "야가 손끝이 참 야물다. 야들 낳고 잘 키우는 거 보니 다 큰 어른이다" 칭찬하고 내 손에 쌈짓돈 쥐여주고는 돌아갔다.

그러나 그날 할머니의 방문은 집들이가 아니었다. 부서지고 깨어진 집에서 애 둘 키우며 사는 딸이 너무 걱정돼 들렀던 길, 할머니는 엄마의 사정과 마음을 이미 다 알고 있었다. 하룻밤 자지도 못하고 밥만 먹고 돌아가는 할머니의 뒷모습을 보며 엄마는 생각했단다. "사실 그때 나는, 우리 엄마 손을 잡고 따라가고 싶었어." 처음으로 고백하는 엄마의 진짜 마음이었다.

"할머니 손잡고 가지 그랬어. 그래도 난 엄마 원망 안 했을 거야." 나는 담담했다. 수백 번 머릿속으로 상상했던 장면이었으니까. 엄마가 내 곁을 떠나도 괜찮으니 다만 엄마가 행복하기를 바랐다. 엄마는 대답했다. "아니. 내가 선택한 삶이야. 할머니도 다 알고 계셨단다."

그날 우리는 엉엉 울다가 퉁퉁 부은 눈으로 헤어졌다. 엄마는 나를 떠나 지하철 개찰구를 지나며 인파 속으로 걸어갔다. 그러다 갑자기 뒤를 돌아보더니 "딸아, 잘 있어!" 활짝 웃으며 힘차게 손을 흔들었다. "엄마, 잘 가!" 나도 활짝 웃으며 엄마에게 마주 힘껏 손을 흔들었다. 우리는 평생 이토록 아주 힘껏 사랑해왔다는 걸, 온 마음으로 느꼈다. 연민의 시선을 거두자 마주 본 사랑이 보였다. 우리는 사랑을 선택했다. 나에겐 엄마가 필요하고, 엄마에겐 내가 필요해서. 우리는 작은 것들에도 연연하고 두려워하면서 살아왔다. 우리는 서로를 위해서, 아주 꿋꿋하고 굳세게 사랑해왔다.

피는 못 속인다지. 아버지가 때리고 부수는 주정뱅이였으니까 애들도 지 아버지 꼭 닮을 거야. 홀어머니 아래 자라서 애가 어쩜 불쌍해. 분명 애정결핍이나 정서불안이 있을 거야. 그런 말들을 흘러들어온 소문처럼 들으며 자랐다. 내 상처만큼이나 그런 무지와 편견들이 몹시 아팠다. 그 마음 내내 끌어안고 살아왔기에 나는 절망과 아픔과 미움에 관해서 아주 짙고 깊은 어둠까지도 이야기할 수 있다. 그러나 한 사람이 나를 사랑해주었다. 눈을 가려주고 귀를 막아주고 멀리 가라고 등 떠밀어주었다. 그리고 가만히 지켜봐주었다. 우리 딸, 사랑한다, 사랑한다. 내내 빌어주면서.

우리 집 아이들이 여섯 살이 되는 동안에 나는 사랑이라는 걸 보고 듣고 만지고 부둥켜안고 뽀뽀했다. 아이들이 나를 빤히 바라볼 때, 활짝 웃어줄 때, 걸음마를 떼었을 때, 작은 몸으로 안아줄 때, 손 잡아줄 때, 감정을 느끼며 마음껏 울 때, 아프고 난 다음 날 생글 웃을 때, 그저 '엄마'라고 불러줄 때, 껴안고 뒹굴고 뽀뽀할 때. 모든 순간 빈틈없이 행복했다. 태어나고 자라던 모든 순간, 아이들은 존재만으로 나에게 무한한 사랑을 주었다. 나도 엄마에게 그런 존재였을까. 기억이 없으니 상상조차 할 수 없다. 그런데 엄마가 그런다. "나도 너네 키우던 모든 순간 행복했어. 어제 일처럼 다 생생해. 죽을 때까지 이 기억으로 살 거야."

기억하지 못하는 모든 순간 나도 엄마를 넘치도록 사랑해주었다고. 그 사랑이 엄마를 살렸다고 엄마가 증언한다. 애초에 사랑은 질문이 아니라 대답이었다. 불행이든 편견이든 가난이든 상관 말고, 사람과 사람이 매 순간 힘껏 선택해보는 것. 마음에 구멍 난 존재들끼리 힘껏 껴안고 부비고 뽀뽀하며 살아보는 일이 우리의 대답이었다.

오정희 작가의 소설을 읽다가 작가의 말에서 '모든 질문에 대한 대답은 사랑'이라는 문장을 발견했다. 마침내 정답을 찾은 사람처럼 기뻤다. 인생의 모든 선택의 시기마다 나는 사랑을 질문하지 않고 사랑을 대답하겠다. '내가 사랑할 수 있을까' 두려운 질문 대신 '그럼에도 불구하고, 나는 사랑한다' 꿋꿋한 대답을 선택하겠다. 나를 키워준 사람이 사랑을 대답했다. 그 대답으로 나는 누군가의 행복이었다. 사랑이었다.

작가님, 힘든 시간을 이기고 아이가 찾아왔어요. 병원에 올 때마다 뜻밖의 위로와 힘을 얻었던 그 순간을 데려오는 마음으로 작가님 책을 들고 와요. 아이 첫 초음파 사진을 작가님 책 사이에 껴두었는데 우연히 마주한 33페이지에 '따뜻한 선물'이라는 단어가 보였어요. 언젠가 다시 작가님을 만나게 된다면 저도 위로와 힘을 주고 싶어요. 혹여 다시 만나지 못하더라도 작가님이 준 따뜻한 기운을 필요한 곳에 전하는 사람이 될게요. 언제나 사랑하면서 즐겁게 지낼게요. 감사해요.

"사랑할 수 있어요."

내가 미래로 보냈던 단언이 대답이 되어 돌아왔다. 그때 울던 독자는 엄마가 되었다. 메시지와 함께 보내준 사진을 물끄러미 보았다. 내가 써 내려간 문장 사이에 씨앗 같은 생명이 움트고 있었다. 우리가 만난 따뜻한 선물, 사랑할 수 있어요. 온 마음을 다해 사랑해요. 사랑을 대답한 한 사람의 미래와 행복을 가만히 빌어주었다. 모든 질문의 답은 사랑이다. 나는 이제 사랑을 말한다.

나다운 인생의 얼굴을 하고서

'시간이 자기도 모르는 사이에 한 사람의 얼굴을 바꿔놓 듯이 습관은 인생의 얼굴을 점차적으로 바꿔놓는다.'

『예술하는 습관』에서 버지니아 울프의 문장을 읽다가 미래의 얼굴을 상상해봤다. 나의 얼굴. 햇볕도 바람도 비 도 눈도 모두 맞아보며 웃고 싶다. 잘 웃어서 웃는 결로 주 름졌으면 좋겠다. 잘 울고도 싶다. 나에게 온 감정들 모조 리 느껴보고 솔직하게 울고 싶다. 잘 울어본 눈이 고와서 총총했으면 좋겠다. 내 얼굴은 내가 만들고 싶다. 밥 짓고, 청소하고, 돌보고, 읽고, 쓰고, 일하며 노동과 생활을 지키 겠다. 언제 어디서든 소매부터 걷어붙이는 씩씩하고 싹싹 한 삶을 지어보겠다. 내가 지어 나다운 얼굴. 내 인생의 얼 굴도 그러기를 바란다.

내 인생의 얼굴을 점차적으로 바꿀, 죽을 때까지 가져가고픈 습관은 뭘까. 단순했다. 죽을 때까지 읽고 쓰고 싶다. 독서와 글쓰기에는 인생과 마음의 요소들이 모조리 들어 있고, 그것들은 언제든 나를 채워줄 테니 기꺼이 고독해질 것이다. 읽고 쓰는 일은 오직 혼자서 하는 일. 흔들리고 고민하고 공부하고 느껴보고 감당해보면서, 계속해보고 싶다. 예술 하는 습관으로 내 인생 부지런히 꾸려봐야지.

그러나 마음 같지 않았다. 생활과 창작은 완전히 반대말처럼 느껴졌다. 외향과 내향, 유동과 몰입, 현실과 이상처럼 둘 사이의 간극이 너무 커서 자주 좌절했다. 그럴 때마다 접어둔 책 페이지들을 펼쳐 다시 읽었다. 집안일과 창작을 동시에 해낸 여성 예술가들의 이야기. 끊임없이 좌절하고 타협하며 만들어간 습관에 대하여, 앞서 걸어갔던 여성 예술가들이 말한다. 생활 없이는 창작이 없다고, 좌절하고 타협하면서도 삶을 포용하는 창작을 해야 한다고, 실패하더라도 다시, 꾸준히 해내자고. 나에겐 그게 글쓰기에만 매몰되지 말라는 말처럼 들렸다.

글쓰기는 삶을 언어로 꺼내 쓰는 일. 그러니 건강한 몸과 마음, 현실의 일상, 글 쓰는 일 사이의 균형을 잡아가며 글쓰기에만 매몰되지 않도록 예술 하는 습관을 만들어야 했다. 예술 하는 습관은 어떻게 만들까. 그저 매일 읽고 쓰는 수밖에. 내가 혼자되는 유일한 시간은 아침이었고, 아침마다 읽고 쓰다 보니 자연스럽게 습관으로 굳어졌다.

효율성과 합리성은 따지지 않고 마음 가는 대로 자유롭게 읽고 쓸 것. 날마다 시작되는 아침은 정직하고 성실했다. 나는 고요한 아침에 기대어 문장들에 몰입하고 감탄했다. 그리고 무엇이라도 썼다. 가장 바쁜 시기에도 가장 많은 책을 읽었고, 우연히 발견한 문장은 예상치 못한 글쓰기로 이어졌다. 하나둘 책과 문장이 쌓이다 보면 한 달에 스무 개의 초고가 남았다. 사소한 습관이 아닌 중요한 리추얼이었다. 의무도 마감도 없는, 오로지 쓰고 싶은 글을 쓸 수 있다는 기쁨. 내 삶에 꼭 맞는 리듬을 찾은 감각. 온전한 나를 위한 순전한 시간에 나는 자유로웠다.

혼자여도 좋지만 여럿이어도 좋지 않을까. 예술 하는 습관에 무언가 더해보기 시작했다. 먼저 '대화'를 더했다. 마음 맞는 동료들과 온라인으로 독서 모임을 시작했다. 어른을 위한 그림책 안내자이자 작가 무루, 프랑스 문학 번역가이자 작가 유진, 출판사 오후의소묘 편집자 소묘, 책방 리브레리아Q 책방지기이자 작가 한샘, 엄마 작가인 나까지. '소소여담'이라는 독서 모임을 만들었다. 한 달에 한 번 책을 읽고 대화를 나누는 모임이었다. 각자의 자리에 앉아 노트북을 열고 화상 대화를 시작했다. 이런 대화가 너무나 간절했던 사람들처럼 한낮에 시작한 모임은 저녁이 되어서야 끝났다. 글쓰기로부터 시작한 이야기는 여성 예술가들의 삶과 글, 진리와 아름다움, 인문학과 철학까지 멀리 멀리 나아갔다.

840페이지 벽돌 책 『진리의 발견』도 소소여담 덕분에 완독했다. 미국 최초 페미니스트 마거릿 풀러는 1839년 '대화Conversation'라는 여성들의 대화 모임을 열었다. '위에서 아래로, 일 대 다수로, 하나의 드높은 지성이 수직으로 지혜를 내려주는 것이 아니라, 옆으로, 다수 대 다수로 동등한 지성을 지닌 사람들끼리 친밀한 대화를 나누는' 새로운 방식을 시도했다. 모임에 모인 여자들이 자기만의 생각을 대중 앞에 표현하도록 돕고, 그 사유들이 가치 있다는 걸 알려주기 위해 애썼다. 마치 '소소여담' 우리 같았다.

온전히 고독한 시간도 사랑하지만, 우리는 진정한 대화를 나누고 싶었던 거구나. 문학과 삶, 예술과 진리, 미래와 꿈에 대해서, 옆으로, 다수 대 다수로 동등하고 친밀하게 이렇게 깊은 대화를 나누고 싶었구나. 잘 모르는 책을 읽고 생각을 나눌수록 좋았다. 공부하고 사유하고 경청하고 발언하면서 나는 조금씩 현명해졌다. 배워가는 과정이 즐거웠다.

글쓰기와 말하기는 달랐다. 글쓰기로 사유를 정리한다면, 말하기는 거기에 분명하고 적극적인 몸과 마음을 더해야 했다. 읽기가 쓰기가 되고, 쓰기가 말하기가 되는 일련의 과정을 통과하면서, 몸과 마음을 움직여 내 사유를 표현했다. 좋은 말에는 좋은 생각이 다져져 있었다. 나와는 다른 사유들도 만나보았다. 보이지 않는 서로의 생각들이 다양하고 다채롭게 발화되는 대화의 아름다움을 경험했다. 동료들과 대화하는 동안에는 떨어져 있어도 연결되어 있다고 느꼈다. 우리는 고독하지만 고립되지 않았다.

예술 하는 습관에 '사람'도 더해보았다. 어딘가 분명 읽기와 쓰기를 사랑하는 사람들이 있을 테니 같이 해보자고. 배려와 존중이 기반이 된 느슨하고 안전한 연대가 있다면, 여럿이 의지하며 오래 이어갈 수 있지 않을까. 자아 성장 큐레이션 플랫폼 '밑미'에서 온라인 리추얼을 이끌었다. 여기서 정 선생님을 만났다.

올해 일흔다섯을 맞이한 정 선생님은 우리 중에 가장 나이가 많았다. 메신저와 앱, 줌으로 진행되는 온라인 소통

법은 어려웠지만 선생님은 하나하나 배우고 익혀서 리추얼에 참여했다. 정 선생님은 아침마다 철학서를 읽고 노트 가득 필사해 사진을 올렸다. 좋은 문장을 만나면 스스럼없이 감탄했고, 함께하는 메이트들의 글마다 인생 명언 같은 답글을 남겨주었다. 우리는 '선생님 선생님' 하고 따르며 유난히 부지런한 한 달을 보냈다.

리추얼을 마무리하는 화상 대화에서 백발을 깨끗하게 빗어 묶은 정 선생님을 마주할 수 있었다. 선생님은 상상해왔던 그대로 곧고 다부진 인상이었다. 그간 책 읽고 글 썼을 책상 너머로 빽빽한 책장이 보였다. 방은 단출했지만 단단한 세계가 단정히 정돈되어 있었다. 화상 대화가 익숙지 않았던 선생님은 가장 일찍 접속해 카메라를 켜둔 채로 메이트들은 기다렸다. 긴장하신 건지, 자리에서 일어나 책장 앞을 서성거렸다. 책들을 만지작거리다가 팔짱을 끼고 생각에 잠긴 듯 우두커니 서 있었다. 이상하게도 나는 그런 선생님 모습이 좋았다. 낯선 세대와 세계에 동참한다는 건 어떤 마음일까. 가만히 선생님의 옆얼굴을 지켜보았다. 하나둘 리추얼 메이트들이 접속하고 각자의 자리에서 읽고 써본 회고를 나누었다. 차례가 되었을 때, 선생님은 조심스레 물었다. 젊은 여러분은 일흔이 되면 어떨지 생각해본 적 있습니까?

"오늘 아침에 '진정한 고독은 아주 고아하게 혼자 서는 것'이라는 문장을 읽었어요. 일흔다섯의 저도 고아하게 혼자 서 있습니다. 작가는 아니지만 날마다 책을 읽고 글을 씁니다. 읽고 쓰는 노인에게는 아픈 몸과 사이좋게 지내는 지혜가 중요하지요. 아침 일찍 읽기 위해서 규칙적인 잠자리에 듭니다. 오후 내내 쓰기 위해서 건강하게 식사하고 자주 걸어요. 언제고 찾아오는 책과 문장이 있기에 매일매일이 새롭습니다. 날마다 다시 태어나는 사람 같아요. 젊고 활기찬 여러분과 함께한 나날이 기쁨이었습니다."

선생님의 얼굴을 마주 보았다. 노인의 얼굴은 마치 지도 같아서, 그 사람이 지나온 자취와 나아갈 미래를 보여준다. 일흔이 되었을 때, 나는 어떤 얼굴을 하고 서 있을까. 고아하게 혼자 서서 진정한 고독을 사랑하는 사람, 나이에 주저 없이 시도하고 대화하는 사람 또한 아름다운 미래라는 걸, 나는 정 선생님에게서 보았다.

'사람들은 대부분 온전히 태어나보기도 전에 죽는다. 창의성이란 죽기 전에 태어난다는 의미다.' 아침에 읽었던 에리히 프롬의 문장을 이렇게 사람에게서 마주했다. 나는 대답했다.

"일흔이 되어도 우리는 자기답게 잘 살고 있을 거예요. 지극히 나다운 인생의 얼굴을 하고서. 이렇게 읽고 쓰고 공부하는걸요. 죽기 전에 우리는 몇 번이고 다시 태어날 테니까요."

늙어가는 얼굴이 두렵지 않다. 예술 하는 습관을 이어가는 한, 우리는 몇 번이고 다시 아침에 일어나 읽고 쓸 것이다. 떨어져 있지만 연결되어 있다고 믿으며 같은 책을 읽을 것이다. 속 깊은 대화를 나눌 것이다. 마주 본 적 없지만, 분명 아름다울 걸 안다. 예술 하는 습관으로 늙어가는 내 인생의 얼굴은.

우리에게는 고유한 이야기가 있다

    내가 이끈 첫 글쓰기 수업은 막차 시간에 쫓겨서야 끝났다. 2018년 7월, '마음 쓰는 밤'이라는 모임을 열었다. 신촌의 어느 허름한 건물 8층. 비좁고 낡은 엘리베이터를 타고 찾아온 열두 명의 사람들과 글을 썼다. 금요일 밤이었다. 바깥은 소란한데 어째서 하필 왜, 우리는 초면에 비좁은 테이블에 다닥다닥 붙어서 열심히 글을 쓰고 있는 걸까. 오들오들 떨면서 자신의 글을 낭독하고, 제 얘기처럼 다른 사람 얘길 들어주다가, 십년지기처럼 진지한 말을 건네주는 걸까. 어쩌자고 잔뜩 긴장한 안 유명한 작가의 횡설수설을 믿어주는 걸까. 쉴 틈도 없이 4시간이나 훌쩍. 우리에게 시간이 더 주어졌다면 5시간이고 6시간이고 계속했을 것이다.

    첫 수업이 끝나고 밤거리를 마구 달려 막차를 탔다. 머리가 핑 돌고 온몸이 저릿하고 가슴이 쿵쿵 울렸다. 지나치게 높은 온도와 밀도의 이야기를 과다 습득한 나는, 완전히 소진되었지만 터질 듯 벅차오르는 이상한 마음을 느꼈다. 가까스로 마음을 달래보았지만 잠들지 못하고 결국, 아침이 밝아올 때까지 글을 썼다. 무언가 시작되었다는 걸 깨달았다.

글쓰기 안내자가 되었다.

사람의 이야기를 발견하고 이끌고 이어주는 사람.

단순히 글쓰기 기술을 가르쳐주는 것이 아니라, 글쓰기로 나의 이야기를 찾고 나다운 삶을 살아가도록 이끌어주고 싶어서 '강사'가 아닌 '안내자'라고 스스로 이름 붙였다. 열 살 어린이부터 희수 노인에 이르기까지 성별, 연령, 직업 모두 다양한 사람들을 만나 글쓰기를 안내했다. 어떤 이는 꾸준히 써서 책을 내고 작가가 되었다. 어떤 이는 자기만의 이야기를 찾고 이전과는 다른 사람이 되었다. 또 어떤 이는 사무친 이야기를 훌훌 털어내고 홀가분하게 살아갔다. 분명 글쓰기에는 힘이 있었다.

돌아보면 그날은 글쓰기 공동체라는 우주를 만난 날이었다. 그날, 그 밤, 그 공간과 그 공기, 그 사람들과 나눈 이야기를 기억한다. 에너지를 모은 하나의 점이 아주 높은 온도와 밀도에서 대폭발을 일으켜 팽창하는 우주가 된 것처럼, 그날 신촌 어느 허름한 건물 8층에서는 몹시도 뜨거운 사람들과 어마어마한 에너지가 모여 팡, 터져버린 건 아닐까. 한 번도 만나본 적 없는 경험과 감정의 파동이 사람들 사이에 오르내리고 오고 간다. 사람이라는 물질과 삶이라는 에너지가 이루는 조화, 그 우주가 너무나 아름다워서 나는 여태껏 글쓰기 안내자를 하고 있다.

더 더 되감아본다. 나는 어떻게 글을 쓰게 되었나. 2010년 다큐 미니시리즈 「인간극장」에서 취재작가로 작가 일을 시작했다. 전문적인 글쓰기를 배운 적 없던 나에겐 그곳이 글쓰기 학교였다. 한 사람의 이야기를 만드는 과정을 집요하게 배웠다. 20년 차 선배 작가, 피디와 짝을 이루어 2시간 30분 분량의 5부작 다큐 미니시리즈를 만들었다. 나는 매일 일간지와 각종 매체에서 사람 이야기를 찾고, 전문 방송인이 아닌 일반인들을 심층 취재했다. 프로그램 제작에 들어가면, 20여 일 동안 촬영한 6,000분 분량의 영상을 글로 옮기는 프리뷰 작업을 했다. 백과사전처럼 두툼한 프리뷰지가 완성되면, 거기서 장면들을 골라내 5부작으로 구성하고 편집하는 작업, 보도 자료를 작성해 발송하는 작업, 완성된 영상에서 출연자들의 입말을 살려 받아 적고 자막을 정리하는 작업을 했다. 프로그램이 방영되는 시기에는 시청자들의 반응을 살피고 응대하는 일을 했다. 이야기를 여러 형태로 고민하고 구성하고 재가공했다. 한 사람의 이야기가 완성되기까지는 세 달 가량이 소요되었다.

가장 막중하고 어려운 일은 일반인을 취재하는 일이었다. 한 번도 만나본 적 없는 사람에게 느닷없이 전화를 걸어 사적인 이야기를 묻는 일이 얼마나 곤란한지 아무리 해도 적응이 되지 않았다. 무뚝뚝하고 방어적인 반응에 미리 전화 대본을 써두고 실패해도 괜찮다는 마음으로 전화를 걸었다. 일상과 안부를 묻고, 지난번에 했던 이야기를 기억했다가 이어 나누고, 오늘도 잘 지냈으면 한다는 인사를 건넸다. 나는 당신에게 애정이 깊다. 당신을 늘 궁금해한다. 당신과 이야기를 나누고 싶다. 그런 다정한 태도를 유지하며 오래 연락을 이어갔다. 모르는 분야의 종사자라면 그 분야를 공부하면서, 부담스러워 않도록 적당한 거리를 두고 관심과 애정을 건네며 말을 걸었다. 사람들은 서서히 마음을 열었다.

마음을 활짝 여는 순간에는 수화기를 든 손이 저릿해져 여러 번 바꿔 들어야 할 정도로 긴 통화가 이어졌다. 마치 자신의 이야기를 들어줄 누군가가 필요했던 것처럼 사람들은 쏟아내듯 말했다. 그럴 때는 최선을 다해 들어주어야 했다. 과하지 않게 호응하며 내가 잘 듣고 있다는 표현을 해주어야 했다. 단순한 공감에 그치지 않고 더 깊은 이야기를 나누려면, 계속해서 좋은 질문을 던져 대화를 이끌어야 했다. 그러다 보면 틀림없이 결정적 이야기를 만났다. 취재를 하면서 사람을 대하는 태도와 이야기를 발견하고 확장시키는 방법을 체득했다.

키친 테이블 라이터였던 나의 글쓰기가 달라진 것도 이 시기를 겪으면서다. 나에게로 골몰했던 글쓰기가 바깥을 향하게 되었다. 쓰는 일뿐만 아니라 잘 듣는 귀, 잘 묻는 입, 잘 보는 눈, 잘 담는 마음을 배우게 되자 자연스럽게 이야기가 내게도 말을 걸었다. 너는 어때? 너는 어떻게 살았어? 너도 한 번쯤 하고 싶은 이야기 있지 않았어?

나에게도 오랫동안 혼자 써온 이야기가 있었다. 2015년 여름, 글쓰기 플랫폼 브런치에 첫 글을 올렸다. 혼자서만 쓰고 읽던 사적인 글을, 공적인 글로 처음 발행한 것이다. 노트에 숨겨두었던 글들을 초고삼아 30일 동안 매일 글을 발행했다. 조회수가 3,000, 4,000, 5,000 계속 올라갔다. 답글이 달리고, 독자가 생기기 시작했다. 하나둘 출간 제안이 왔다. 그제야 나는 내가 만든 방송에 출연했던 사람들의 마음을 이해할 수 있었다. 너무나 두렵고 부끄러웠다. 그런 한편으로 홀가분했다. 뭐랄까, 내 앞을 가로막은 커다란 허들을 가까스로 넘어서고는 바닥에 나동그라진 기분. 그런데도 다시 일어나 툭툭 털고 걸어갈 수 있는 마음의 힘이 차올랐다. 나의 이야기를 쓴다는 건 이런 거구나. 쓴 글들을 묶은 첫 책은 에세이로 분류되었다. 그제야 깨달았다. 아, 나는 에세이를 썼던 거였구나. 나는 오랫동안 에세이를 만들었던 거구나. 나에게 에세이는 한 사람의 살아온 이야기였다.

글쓰기의 이유는 저마다 다르다. 책을 내고 작가가 되고 싶은 작가 지망생이 있는가 하면, 설명할 수 없는 절실함으로 뭐라도 쓰는 키친 테이블 라이터가 있다. 커다란 상처를 겪고 스스로를 치유하기 위해 쓰는 사람이 있고, 혼란과 방황 속에서 자신을 찾기 위해 쓰는 사람이 있다. 글쓰기에 단순한 호기심을 품고 쓰는 사람도 있다. 모두 작가가 되기 위해서만 글을 쓰는 건 아니다. 그렇다면 어떤 글을 써야 할까. 내가 작가로서 써온 글이 그렇듯이, 나는 책을 위한 글보다 삶을 위한 글을 써야 한다고 믿었다. 수업 첫 시간에는 글쓰기를 앞두고 먼저 자신에게 질문해보자고 이야기했다. 반드시 '나'라는 주어를 붙여서. 나의 어떤 이야기를 어떻게 나답게 쓸까? 이 질문을 곰곰 생각해본다면 세상에 똑같은 글을 쓰는 사람은 하나도 없다.

에세이 작가로 활동하면서 글쓰기를 가르치게 되었다. 도서관과 지자체에서 소소한 강연을 하다가 2018년부터 본격적으로 소규모 글쓰기 수업을 이끌게 되었다. 앞서 나의 작가 여정을 길게 이야기한 것은, 내가 이끄는 글쓰기 수업이 이 과정들과 닮아 있기 때문이다. 나는 취재하듯 학우들을 만났다. '나의 이야기, 나의 문체를 찾는 고유한 글쓰기'라는 모토를 두고 한 사람의 이야기를 찾는 과정에 집중했다. 수업에서 만나는 한 사람 한 사람의 이야기를 묻고 발견하고 이끌어내면서 바랐던 건 오직 하나였다. 단 한 번이라도 나의 이야기를 공개적으로 발표해보는 것. 부끄럽고 창피하고 아프거나 힘들더라도, 내가 쓴 글을 내 목소리로 낭독하고 다른 사람들의 응답을 들어보는 기회를 겪어보는 것이다.

모두가 작가이자 독자가 되는 경험이 필요했다. 삶을 위한 글쓰기는 창작인 동시에 대화여야 한다고 생각했다. 한 사람의 이야기를 만들고 전달하고 나누는 과정. 그것은 단순히 '쓰기'에만 해당하는 영역이 아니고, 보기, 듣기, 쓰기, 말하기, 사유하기, 감응하기 등 여러 요소들이 긴밀하게 오갈 때 확장된다. "글쓰기는 누구에게도 할 수 없는 말을 아무에게도 하지 않으면서 동시에 모두에게 하는 행위"라던 리베카 솔닛의 글쓰기 정의처럼, 나는 글쓰기 수업이야말로 그런 말들이 자유롭게 오가는 대화의 장이길 바랐다.

소셜살롱 문토에서 '마음 쓰는 밤'이라는 모임을 시작한 후로, 창비학당 '고유한 에세이', 취향관 '책과 펜과 밤과 마음', 개인적으로 이끈 '고유글방'까지. 평균 3시간의 러닝타임, 4회 차~6회 차, 두 달이 넘는 긴 호흡의 소규모 글쓰기 수업을 오래 이끌었다. 최소 글 3편 이상을 쓰고 나눠봐야 사람들은 마음을 열었다. 진솔한 이야기가 터져 나오고 속 깊은 대화와 감정이 오가는 데에는 시간이 필요했다.

글쓰기 수업에 들어가기 전에 나는 무대에 서는 사람 같다. 손바닥에 밴 땀을 쓱 닦고 긴장한 손끝을 꾹꾹 주무르며 기도한다. 제발 실수하지 않게 해주세요. 한 사람의 눈을 마주 보며 그가 써 내려간 삶 속에 깊숙이 들어갔다가, 그의 삶에 상처가 남지 않도록 사려 깊으면서도 섬세한 조언을 건네야 하기 때문이다. 언제나 어김없이 조심스럽다.

글쓰기 수업을 하는 동안 나는, 따돌림을 당했던 초등학생이었다가, 아빠를 미워하는 고교생이었다가, 홀로 아이를 키우는 엄마였다가, 아픈 몸을 고백하는 사람이었다가, 가족의 죽음을 애도하는 사람이었다가, 장애를 가진 아이를 돌보는 부모였다가, 성정체성을 깨닫고 받아들인 사람이었다가, 우울증을 앓는 청춘이었다가, 폭력의 기억을 고백하는 생존자였다가, 자신의 장애를 기록하는 활동가였다가, 자식을 먼저 보내고 손주들을 키우는 할머니가 되었다. 그들의 삶을 완전히 이해할 수는 없다. 그러나 오해하지 않으려고 애쓰며 잘 이해해보려고 노력한다. 이런 노력은 나만 하는 게 아니었다. 수업에 모인 모두가 함부로 판단하거나 외면하지 않으려고 애쓰면서 그 사람이 되어본다. 타인의 삶을 잘 듣고 잘 생각하고 잘 말해주려고 노력하면서 헤아려본다.

그렇게 한 사람의 이야기가 모두의 이야기로 이어진다. 그 시간 그 공간에는 저마다의 강력한 삶의 이야기들이 터질 듯 모여서 꽉꽉 뭉쳐지고 다져진다. 엄청나게 뜨겁고 농밀하고 귀하다. 한 번이라도 타인과 이런 대화를 나눠본 사람은 어떻게 살아가게 될까.

최근 학우 둘을 다시 만났다. 희귀병을 앓던 M은 수술을 받고 회복 중이었다. 그는 글쓰기 수업에서 말하지 못했던 투병기를 처음 썼다. 수업이 끝나고도 그때 만난 학우들과 글쓰기 모임을 결성해 지금까지도 꾸준히 글을 썼다. 오랜 시간 견뎠던 고통과 외로움, 그럼에도 씩씩했던 삶의 의지와 용기를 담은 글을 모아 독립출판 책을 만들고 있었다. 고통의 경험이 가득했던 글이 이제는 세상을 향한 초조하고 조급한 사랑을 담고 있었다.

"작가님, 산다는 건 마음이 조급해지는 것이었네요."

또 다른 학우 A는 글쓰기 수업에서 우울증을 고백했다. 후드티를 뒤집어쓰고 구석에서 조용히 자리를 지키던 그는 1년 후 몰라보게 달라져 있었다. 금발에 화려한 패턴 원피스를 입고서 방긋 웃으며 나를 찾아왔다. 그 역시 수업에서 만난 학우들과 글쓰기 모임을 이어가고 있다고 했다.

"내 이야기를 내가 들어주는 법을 알았어요. 작가님, 저이제 사는 게 궁금해졌어요."

분명해진다. 우리에게는 고유한 이야기가 있다. 그 이야기를 잘 쓰고 잘 나누고 잘 헤아려본 사람들은, 잘 살아보고 싶어진다. 반짝이는 두 사람에게 나는 아낌없이 말해줄수밖에.

"아름다워요!"

아무것도 쓰지 않고 살아왔던 시간도 중요하다

나는 눈이 먼저 늙어버렸다. 책을 쓰는 동안에 백내장 진단을 받았다. 서른일곱 나에겐 다소 이른 병이었다. 눈에 관한 두려움은 언제나 있었다. 아홉 살 때부터 안경을 썼던 나는 마이너스 12디옵터 초고도 근시안을 가졌다. 맨눈으로는 한 글자도 읽을 수 없고, 누군가 눈앞에 손을 바짝 대고 손가락 세는 것만 간신히 구별해냈다. 나이가 들면 더 더 나빠질 텐데 눈이 보이지 않게 되면 어쩌지 두려웠다. 짐작대로 눈은 나빠졌다.

"나빠질 거예요. 천천히 나빠질지 빠르게 나빠질지 아무도 몰라요. 그냥 점점 나빠지고 있다고 생각하면 돼요."

의사의 말에 왈카닥 덮치는 절망. 하필 나는 작가였다. 아무것도 쓰지 못하게 될까 봐 무서웠다. 천천히 혹은 빠르게 나빠질 눈은 모쪼록 수술하게 될 거라고 의사는 말했다.

요즘이야 기술이 좋을 테니 수술하면 나아질 것이다. 그러나 만에 하나, 나쁜 눈이 더 나쁜 불행을 이기지 못한다면 나는 이대로 나빠지기만 할지도 모른다. 이런저런 검사들을 받아보는 동안 한껏 나빠진 몸과 마음으로 절망을 느꼈다. 나이가 든다는 건, 서서히 나빠지는 삶을 알아채는 거라는 걸 서른일곱에야 알아챘다.

그런 날들을 보내며 글쓰기 수업에서 만난 이야기를 쓰게 되었다. 그간 내가 고민해온 글 쓰는 마음을 돌아보고, 글쓰기 수업에서 만난 사람들과 나눈 이야기를 다시 읽어보았다. 그리고 세종사이버대학교에서 글쓰기를 가르쳤다. 수업에서 만난 사람들은 나를 '선생님'이나 '교수님'이라고 불렀다. 그 호칭들은 내 것 같지 않았고 내가 가진 역량이 한참이나 부족한 것 같아 부끄러웠다. 수업하러 갈 때마다 밤잠을 설쳤다. 아무것도 먹지 못했고, 수업 직전까지 차게 언 손을 주무르다가 불안과 긴장을 웃음으로 가렸다.

나조차도 매일 흔들리는 글쓰기를 어떻게 가르쳐야 할까. 내가 제대로 가르치고 있는 걸까. 아니, 가르치는 일이란 무엇일까. 더 잘하고 싶어질 때마다 꽁꽁 얼어붙었다. 어쩌면 내가 만나는 학우들 대부분이 나보다 훨씬 나이 많은 어른들이기 때문일지도 몰랐다. 내가 겪어보지 못한 경험과 살아보지 못한 삶들이 나를 보고 있었다. 그들에게 나는 어떤 말을 해줄 수 있을까.

사이버대학교에는 늦깎이 학우들이 많았다. 한 학기 100명의 학우가 내 글쓰기 수업을 들었다. 시각장애인이 일곱 명이나 있었다. 보이지 않지만 주변의 도움을 받아 강의를 듣고 열심히 글을 썼다. 신장 투석을 받으며 익숙지 않은 컴퓨터로 맞춤법과 띄어쓰기가 엉망인 에세이를 워드로 보낸 일흔다섯 할아버지가 있었다. 학기 초 재발한 암 진단에도 불구하고 항암 치료를 받으며 공부하는 할머니가 있었다. 타지에서 다른 시차로 공부하는 환갑의 아버지가, 한부모가정의 가장이 되어 아이들을 키우며 새벽에 글 쓰는 엄마가 있었다. 생업에 종사하며 틈틈이 수업을 챙겨 듣는 자영업자들이 있었다. 아르바이트로 생계를 이어가며 작가를 꿈꾸는 청춘들도 있었다. 교사도 의사도 간호사도 형사도 소방관도 개발자도 무용수도 있었다.

학기의 절반이 지나가고 학우들이 과제로 쓴 에세이를 읽었다. 삶과 죽음과 마음과 사랑에 관한 이야기들. 세상에 이런 삶이 또 어디 있을까 싶은 이야기들이 와르르 쏟아져 나왔다. 강의대로 배운 글쓰기가 아니어도, 아름다운 문장이 아니어도 아무 상관 없었다. 글은, 사람처럼 그 자체로 다가왔다. 나는 100개의 이야기에 하나씩 답글을 남겼다. 그제야 내가 가르치는 사람이 되었다는 믿음이 생겼다. 가르치는 일은 단순히 앎을 전달하는 것만이 아니었다. 다른 삶들을 발견하고 읽고 보듬고 격려하는 것 또한 가르치는 일이었다. 문예창작과 최고령 학우, 병원을 오가며 신장 투석을 받으며 글을 쓴 일흔다섯 노인이 말했다.

내가 4년동안 해낼수있을까하는 의구심때문에 밤잠을 설칠때가 한두번이 아니었다. 그러나 주말을 이용하여 학과교수님의 강의를 들을때면 또다시용기가 발동하고있다. 언제 내가 대학교수님의강의를 들어볼수 있었단말인가. 한편으로는 행복하다는 생각이든다. (중략) 나는 끝까지 포기하지않고 내가 설정한 목표인 졸업까지 마치고싶다. 아니 꼭마쳐야한다. 태어난지 75년이란 결코 짧지않은 인생살이를 해왔다. 남는것은 무엇이요, 가지고 갈것은 무엇인가. 아무것도 없다. 인생의 후반부에서 내자신과의싸움, 늦깎기 대학공부가 마지막이리라.

글이 뜨거웠다. 배움이 뜨거웠다. 삶이 뜨거웠다. 서른일

곱의 내가 글쓰기를 잘 가르칠 수 있을까 의구심에 밤잠을
설칠 때, 일흔다섯에 글쓰기를 시작한 노인은 끝까지 공부
할 수 있을까 고민하며 밤잠을 설쳤다. 눈이 먼저 늙어버린
젊은 나는 이제야 다른 삶들이 보인다. 마음이 뒤늦게 젊어
진 노인은 이제야 자신의 삶을 마주 본다. 그리하여 두 사람
의 삶이 만난다. 노인의 삶에서 내가 다시 살아볼 용기를 얻
었다는 걸, 아무것도 쓰지 않고 살아온 노인은 알고 있을까.
크다. 아주 많이 크다. 어쩔 도리 없이 나에게 글쓰기는 이
렇게나 크다. 우리에게 찾아오는 모든 순간, 좋은 일도 나쁜
일도 없었다. 좋은 일도 나쁜 일도 아닌, 그저 사는 일이었
다. 무너지더라도 다시. 언제고 다시 살아보는 일이었다. 삶
은 그런 것이었다.

　"난 아무것도 쓰지 않고 그냥 살아왔던 시간도 중요하
다고 말해주고 싶어요."

　교수로서 생애 첫 학우들과 헤어지던 마지막 수업 시간
에 나는 박완서의 말을 건네주었다. 전쟁을 겪고 오빠와
남편과 아들을 차례로 떠나보내고 참으로 신산했던 자기
삶을 글로 썼던 작가의 말이었다. 평생 밥을 짓고 아이를
키우고 집을 살피고 사람들을 챙기며, 글에만 매몰되지 않
고 삶을 풍부하게 지었던 작가의 말이었다. 아무것도 쓰지

않고 그냥 살아왔던 사람들. 먹고사느라 너무 바빠서 그래서 자신이 너무 늦었다고 간절함과 상실감 어린 눈빛으로 찾아오는 사람들. 점자를 더듬거리며 손가락과 목소리로 글 쓰는 사람들. 신장 투석과 항암 치료를 하며 글 쓰는 사람들. 모두 잠든 새벽에 강의를 듣고 글쓰기 질문을 올리는 사람들. 아이들 밥 챙기고 부모를 간호하며 글 쓰는 사람들. 글 쓰다가 다시 생계 현장으로 뛰어가는 사람들. 시장에서 거리에서 병원에서 터미널에서 어쩌면 마주쳤을 사람들. 몇 번이고 다시, 또다시 살아온 사람들. 삶과 삶이 만나고 스민다. 그런 삶들이 글이 된다.

그들에게 나는 삶을 꺼내 쓰는 방법을 알려주는 선생이었다. 박완서의 말을 전해줄 수 있는 작가였다. 너무 뜨거워서 종이 한 장에 다 쓸 수 없는 이야기를 잘 들어주고 잘 대답해줄 수 있는 독자였다. 깨달았다. 나는 읽고 쓰고 가르치고 돌보는 내 일을 아주 사랑한다는 걸. 단지 사랑하는 일을 하며 살고 있다는 것만으로 나라는 사람이 나무나 바다처럼 자연스러운 존재 같다. 삶과 일의 분명한 경계를 생각해본 적 없다. 삶에도 글이 스미고 글에도 삶이 스미고, 삶은 삶끼리 스민다. 모든 것들은 연결되어 있다. 휘요오오 바람이 불면 이파리가 흔들리고 물결이 이는 것처럼,

주어진 내 몫의 일을 하나씩 해나가면 충분하다. 대단하거나 유명하지 않아도 상관없다. 지금의 일들을 할 수 없을지도 모른다는 절망을 실감했을 때야 비로소, 나는 더 바랄 것이 없다는 걸 깨달았다. 그저 지금처럼만 책 읽고 글 쓰고 사람들 가르치고 돌보며 늙어가고 싶었다.

때때로 실수나 잘못을 저지를 테지만, 지금 이 마음 똑바로 지키고 싶을 때마다 진심과 염치를 생각해야지. 내가 하는 일이 충분한가 모호할 때는 진심을, 내가 하는 일이 괜찮은가 의문일 때는 염치를 고민하면서. 깨끗한 마음과 부끄러움을 아는 사람이 되고 싶다. 사는 동안 여러 번 흔들릴 테지만 최선을 다해 똑바로 살고 싶다. 노력하고 싶다. 글을 지으며 삶도 짓고 싶다.

폭우가 쏟아지던 어느 여름밤이었다. 버스를 타고 낯선 도서관에 찾아갔다. 우산으로 가릴 수 있는 비가 아니었다. 물줄기가 냇물처럼 흘러내리는 오르막길을 힘겹게 올라 도서관에 도착했다. 다 젖어버린 옷을 꾹 짜내고 계단을 올랐다. 도서관은 몹시 작았고 좁은 서가에 가려 형광등이 침침했다. 도서관 구석에 방이라고 할 만한 작은 교실 문을 열고 들어서자 나처럼 비에 젖은 여섯 명의 여자들이 앉아 있었다. 모두 도서관에서 왕래했던 사이였던지 분위기가 화기애애했다. 누군가가 손수건을 빌려주었다. 직접 만든 오미자청을 가져왔다며 미지근한 오미자차를 타서 내어주었다. 준비물처럼 저마다 가방에서 백설기와 쿠키, 복숭아와 자두, 방울토마토 같은 먹을 것들을 꺼내 놓았다. 오미자차와 간식들을 나누는 동안에도 바깥에는 폭우가 쏟아졌다. 창문을 조금 열어두고 빗소리를 들으며 우리는 글을 썼다.

마흔의 여자는 기억을 잃어가는 엄마 이야기를 썼다. "노인이 된 엄마는 기억을 잃어버리기 시작했다. 늙는다는 것. 인간의 생로병사는 어찌할 수가 없다. 치매는 가까운 기억부터 잃는다고 하던데, 엄마는 우리가 힘들게 했던 기억들부터 잃어버린 모양이다. 엄마는 잘 웃는다. 여전히 가족들을 살뜰히 챙긴다. 하루에도 열 번씩 행복하다고 말한다. 기억을 잃고 있다는 걸 알아챈 순간에도 엄마는 화를 내지 않는다. 한 번쯤 엄마가 후련하게 화를 냈으면 좋겠다. 엄마는 어떤 마음으로 살아왔을까. 진짜 마음을 눈으로 볼 수 있다면 엄마의 마음을 꺼내 보고 싶다."

맞은편에 앉아 있던 일흔의 여자는 조그만 수첩에다 써온 이야기를 읽었다. "꽃은 계절마다 다르게 핀다. 겨울을 이기고 가장 먼저 피어나는 봄꽃들은 바닥에서부터 핀다. 할미꽃, 바람꽃, 냉이꽃, 깽깽이풀. 하나같이 작고 여리다. 여름에 피는 꽃들은 가지에서 핀다. 수국, 장미, 목단, 해바라기. 힘센 햇볕과 바람을 받아 튼튼하고 탐스럽다. 가을에 피는 꽃들은 가느다란 줄기에서 핀다. 코스모스, 국화, 분꽃, 메밀꽃. 가느다란 줄기에 의지해 흔들리며 소박하다. 겨울에도 꽃은 핀다. 설중에 피어나는 가장 어여쁜 꽃은 동백이다. 동백은 나무다. 사람도 꽃 같아서 바닥에서부터 작고 여리게 자라 튼튼하고 탐스럽게 피어난다. 늙어갈수록 흔들리며 소박해진다. 내 인생 가을을 지나며 나무가 될 날을 기다린다. 눈 내리고 빨갛게 피었다가 툭툭 지고 나면, 동백나무 아래 냉이꽃 필 것이다."

일흔의 여자는 낭독한 수첩을 접고 마흔의 여자에게 말해주었다. "어머님은 동백꽃같이 예쁠 거예요." 여자는 눈물을 훔치며 고개를 끄덕였다. 한 사람이 동백꽃처럼 웃어 보이자 한 사람이 목단처럼 마주 웃었다. 나는 사람들 사이에 무언가 오가는 것을 지켜보았다. 사람은 정말 꽃 같아서, 예쁘구나. 참 예쁘구나. 미지근한 오미자차는 쓰고도 달았다. 비는 그치지 않았고 교실은 안전했다. 물속처럼 노곤하고 편안한 기분이 이상했다. 아주아주 커다란 눈물 안에 들어간다면 이렇게 따뜻하고 편안할지 모르겠다고 생각했다.

만약에, 아주 만약에라도 아무것도 쓰지 않고 살아야 한다면 나는 아무것도 쓰지 않을 것이다. 쓰지 않는 대신에, 아무것도 쓰지 않고 살아온 사람들이 오래 간직해온 이야기를 잘 들어보고 싶다. 그리고 기억해둘 것이다. 지금 여기 따뜻한 눈물방울 같은 교실. 내 앞에 일렁이는 장면들. 잘 웃고 잘 울어버리는 얼굴들. 맑은 차와 둥근 과일들. 그리고 이야기들. 지금 여기에서 우리가 만나 일어났던 모든 것들을 잘 기억해보려고 노력할 것이다. 이 기억들이 나에겐 이야기가 된다. 아무것도 쓰지 않더라도 잘 간직해둘 아름다운 이야기가. 우리에겐 앞으로도 긴긴 삶이 있어 서로를 잊어버릴지 모른다. 함께 나눈 이야기도 잃어버릴지 모른다. 우리는 늙고, 삶은 흘러갈 것이다. 그럼에도 불구하고 마음과 마음, 마음 둘 마음이 한때 있었기에 다시, 우리는 살아볼 것이다. 사랑할 것이다.

나를 지키는 글쓰기 수업
마음 쓰는 밤

초판 1쇄 발행	2022년 10월 5일
초판 3쇄 발행	2024년 8월 28일

지은이	고수리
펴낸이	윤동희
책임편집	이지은, 김윤정
디자인	김소진
마케팅	윤지원

펴낸곳	(주)미디어창비
등록	2009년 5월 14일
주소	04004 서울 마포구 월드컵로12길 7
전화	02-6949-0966
팩시밀리	0505-995-4000
홈페이지	books.mediachangbi.com
전자우편	mcb@changbi.com

ⓒ 고수리 2022
ISBN   979-11-91248-73-9 03810